빛의 벙커들 각을 세우고

천년의시 0148

빛의 벙커들 각을 세우고

1판 1쇄 펴낸날 2023년 4월 10일
1판 2쇄 펴낸날 2023년 10월 24일
지은이 모금주
펴낸이 이재무
기획위원 김춘식, 유성호, 이형권, 임지연, 홍용희
책임편집 박예솔
편집디자인 민성돈, 김지웅, 정영아
펴낸곳 (주)천년의시작
등록번호 제301-2012-033호
등록일자 2006년 1월 10일
주소 (03132) 서울시 종로구 삼일대로32길 36 운현신화타워 502호.
전화 02-723-8668
팩스 02-723-8630
블로그 blog.naver.com/poemsijak
이메일 poemsijak@hanmail.net

모금주ⓒ, 2023, printed in Seoul, Korea

ISBN 978-89-6021-706-5
　　　978-89-6021-105-6 04810(세트)

값 11,000원

빛의 벙커들 각을 세우고

모 금 주 시 집

천년의
시 작

시인의 말

동굴 같은 잠언을 수용할 시간이 필요해서
스스로 외롭다

최선을 다해 방황도 했었다
경쟁의 축들 빗금 긋는 파편 속을 걸어 다녔다

각을 세우고 독기 품어
흔들리는 문은 뜯어 버리고
상처 없는 발들로 걸어 다니는 바람의 길에
삶의 쉼표 등불처럼 달아 두고
그곳에선 가끔은 외로워도 좋겠다

차 례

시인의 말

제1부 빛의 벙커들 각을 세우고

봄 그리고 4분의 1

봄은 둥그런 의식으로 흐른다

출구이면서 출구가 아닌 문이다

검은 살색 허물 벗어 놓는

폐기의 문장 4분의 1의 봄

길을 잃은 불안의 피사체들

봄의 언어들로 돋아나고 늙어 가는

새로운 질감의 풍경들이 도착했다

자카드 프린트 속 빨간 꽃

봄 속에 튀어나와

한생으로 낡아 가고 한생으로 푸릇해지는

그 흔적들을 또 어떻게 견디지

검은 잎사귀들 위의 가혹한 축제

생을 스치는 험담 같은 봄

아름다운 시간의 명작들 검은 흔적으로 남아

동거할 수 없는

흔적으로 지상에 곤두박질치는 얼룩으로

가벼운 것으로 떠다니다

검은 허물 벗어 놓는

봄 그리고 4분의 1의 찌꺼기들

어디에다 폐기해야 하나

모히토

향기가 필요해요
쉬 섞이지 못하는
라임과 애플민트에게 시간을 주세요
오래 문고리 닫고 있던 고집 센 문 같아서
슬픈 오기를 꼭 쥐고 있지요

먼저 애플민트를 잘 으깨 주세요
라임을 다듬을 때
썩은 이유에 질문 말고요
날카로운 직유의 칼로 상처도 주지 마세요
메마른 밤 단비를 기다리다 시린 유리잔같이 울었던
상처 입은 밤들의 사연들 은유의 위로가 필요해요
쏟아 내지 못한 것들 검은 멍으로 남았어요

모히토, 얼음도 필요하지요
각진 것들의 자존감을 존중해 주며 적당히 부숴 주세요
모난 것들 공터엔 찬 겨울 왕국이 세워져 있어요
그들의 오기가
보호색 입은 광대 같아 아픈 날이네요

\>

오기 품은 것들은 두꺼운 투구를 쓰고
고집스러운 알맹이로 정복의 꿈을 꾸지요
제 마음 다 부숴 버리지 못해 얼음으로 남은 슬픈 알갱이들은
애플민트 여린 잎으로 가려 주세요

여린 잎의 위로로 오기 풀어 낸 그들을
쉽게 빨리 마셔 버리진 마세요

우리는 최소한의 예의로, 모히토

명장면

주인공이 슬픈 이별을 먹고 있다
와인 잔엔 폭풍의 언덕이 비친다
애잔한 얼굴에 깊게 이입되어
스테이크 먹으며 코미디 같아 웃는다

늙지도 죽지도 않는 주인공에 습득당한다
불멸의 아버지, 촌스러운 의상과 끝나지 않는 장면으로
살아가고
잔혹한 총잡이 아버지 사랑 앞에 배고픈 아이처럼
칼 숨긴 여자 스파이 품속에서 영혼을 팔고 있다

이제는 명장면을 보여 줄 때가 되었건만 아직도 사랑만 하
고 있다
한 방의 총소리가 들릴 때도 되었는데 아이같이 그네만 타
고 있어
아버지 제발 정신 차리시고 총을 쏘세요
자극적인 조미료가 필요해요

세월 따라 감동도 늙는지
소득 없는 느슨한 장면만 상영 중

아버지 아직도 총을 쏘지 않고 있다
순하게만 전개되고 있어 자극적이지 못하다

명장면을 위해 새로운 각본 속 주인공들
잔인함으로 분장시킨다
아름다운 동화를 극적으로 물어뜯는
누군가의 잔인함이 악당 불사조를 탄생시킨다
적과의 동침은 비극적이어야 한다
주인공들 배반의 눈물만 흘리고
총소리는 여전히 들리지 않고
장렬히 전사하는 명장면 나오지 않아

영화는 계속 상영 중이다

늙어 가는 게시판에 초록으로 바람이라 쓰고

맑은 얼굴의 아침이 거울에 걸려 있다

백 개의 느낌표의 얼굴이 휘파람을 불고 있다

긴 겨울 늙어 가는 게시판에 초록으로 바람이라 쓰고
맑은 얼굴을 당겨 본다

바람은
초록의 돌기들로
앙상한 산 하나를 구하고
옹달샘 얼굴로 후박나무 흔들림에 앉아
다른 시작의 출발점으로 꼬리를 튼다
기쁨의 각도는 맑은 초록으로 향한다
찰나의 반짝거리는 깃털이
굴절된다, 삭제된다
환희의 뜨거운 한 토막이 익어 간다 터진다

머물지 못하던 바람의 행방이 궁금했다
동굴 속에 차가운 얼굴로
초록이 그리워 겨우내 울었나 보다

초록의 맑은 얼굴 초록 슈크림빵을 구워 내고

미세한 틈으로 길을 내어 오래 묵었던 날개로
두 발 모으고 점프한다
뛰는 맥박에 접붙은 후박나무 화냥년처럼 날아간다
미처 발광하는 기쁨의 꼬리 회오리가 된다
내일은 봄비가 올 것 같다

붉은 비

문득 책갈피 켜켜이 박힌 마침표가 쿨럭일 때
낯선 곳의 아침을 꿈꾼다
반쯤 닳아진 지느러미들 용기의 문장을 티켓팅한다

무성한 붉은 화살들의 문장, 비는 내리고
방임의 구덩이로 물이 차올라
맨발로 춤추기엔 젖는 것들이 많아

붉은 비에 지우편의 홍등은 반쯤 얼굴을 가리고 고단함을
풀어놓는다 고요히 잠들긴 틀렸다 사각사각 마음 갉아 먹는
소리, 하필이면 마녀 같은 비

예류의 여왕* 얼굴에 지우개 같은 붉은 비 내리고 우린 쥐
새끼 같은 반역자의 편에 선 간신들같이 여왕을 기념사진에
가둔다 반쯤 갉아 먹힌 여왕의 얼굴 빙하의 차가운 표정 뒤,
비 고인 웅덩이에 고요가 썩어 가고 있다 여왕의 한쪽 눈이
서서히 마모되고 있다 마음이 아플 땐 눈부터 지워지나 보다

붉은 비는 목덜미 길게 빼고 침묵한다 무겁게 내려앉은 외
로움이 기념사진에 들어오고 비에 모자이크된 여왕의 눈물도

찍혀 버려 풍경이 쿨럭거린다 예류의 여왕, 단단한 바위 닳아
져 헌 신발처럼 아픈 세월에 서 있는 체념, 그 위의 폐선들,
여왕의 마침표 문장이 젖고

　　여왕에게 스며든 나의 문장도 젖어
　　서서히 풍화되어 가는 억겁의 시간들이 애틋해

　　몇 방울 남지 않은 여왕의 눈물이 문장에 찍혀

* 예류의 여왕: 대만 예류지질공원에 있는 여왕바위.

ending

스크린의 그녀가 어떻게 웃었는지 기억나지 않는다
폭풍 같은 감동이 지나간 자리
흔적들이 보랏빛 손을 흔들며
창백한 장면 앞에 슬픔으로 섰다
눈물의 목덜미는 보여 줘선 안돼

그녀를 잃은 허공으로
젖은 꽃 한 송이 기울고 있다
팽팽하게 맞서는 색의 불균형을 흔들어 본다
숙성된 것들은 결코 젖지 않는다
얇아지고 닳아져 투명한 바람이 될 뿐

흥청거렸던 마음의 골목에서
젖어 있는 것들은 몇 도의 온도로 충돌하고 있을까
왜 쓸쓸하지

백치의 깃발 같은 젊은 여자
멈춰 있는 것들의 감정으로
단단히 침묵하는 입술에
붉은 립스틱을 바른다

귀 뒤엔 쁘아종을 뿌리고
입가에 번지는 마른 웃음 풀어놓던 날
우린 화장을 망친다

기우는 색마다
뒤엉긴 물방울들이 서로에게 젖는다

봉인된 사랑 뒷모습만 남아
흰머리 여인이 검은 머리 여인에게 꽃을 달아 주는 장면
만 오버랩된다[*]

끝은 나의 그녀에게로 가는 시작이었으니

[*] 앙리 마티스: 〈화장〉.

바다독나무*

가까이 곁을 내어 줄 수 없는 맹독의 잎사귀들
꽃조차도 독인 모진 등이 가엾다
사랑에게도 죽음의 골짜기만 내어 줄 수밖에 없는
저울에 달면 슬픈 세월 입김보다 가벼운데
맹독 품은 독사의 눈 숙명 같은 저주

저주의 고리들 허물 벗기듯 바위의 등에 피가 나도록 긁
어 본다
입 속의 신음 소리 공해 같아, 맹독의 숲엔 평화가 없다
숨기면 숨길수록 메두사의 본성 고개 쳐들고
검은 털로 짠 상복 같은 검은 길
저주의 숲에 머물고 있네

독해져야 살아남을 수 있는 전쟁터의 화살처럼
화해할 수 없는 삶 억지로 풀다 억새풀이 되듯
독의 화덕 구멍마다
맹독의 줄기들 푸른 잎사귀들 불같이 쏟아지고 있다
죄 사함도 거부한 푸른 죄인 맹독
철창에 스스로 옭아매는 죄는 상속된다
대물림되는 지병 같은 것

아무도 거둘 수 없는
아무도 열 수 없는 알라딘 감옥에 갇혀
천형을 견디고 있는지도 몰라

첫 열매의 달콤함도 슬프지만 외면해야 하는
사랑했기에 침노할 수 없는

열매에 관한 소식 전해 듣지 못한 아기 바다 새
뜨거운 독약 같은 이파리 물고 바다에 떠 있다

전갈 꼬리 쏘는 맹독의 화살 우리에게도 있으니

* 바다독나무: 태국 푸켓 라차섬에서 자생하는 나무. 열매를 뺀 모든 부분
  에 맹독이 있음.

빈 병 같은 마음이 추락하는

추락하는 것들 홀로 가지런히 날개 모으고
시간을 곱하고 명랑한 웃음을 더하여도
되돌리지 못하는 안으로 접힌 검은 덩어리들
거칠게 바늘 품은 시간 속을 떠돌다
슬픔으로 기어들어
죽고 살아나길 자주 하고 있다

흘려보내지 못해
중세의 어둠에 갇힌
가난한 마음들이 빈 병으로 누워
해 뜨는 것도 몰라 꽃 피우는 찬란함도 몰라

가득 채울 삶의 쨍한 것들 창조의 숲에서
게으르게 누워 내 슬픔의 계절에 올라탄다

아이야 내 계절에서 떠나가 줘
푸른 나무 밑으로 뛰어가거라
명랑한 웃음의 삶으로

구경하는 구경꾼들아

나의 빈 병 같은 마음이 추락하는 것을 즐겨라
구경꾼들에겐 세상의 시놉시스가 치명적일수록 깊은 매력
에 빠져들지
슬픔으로 허리 꺾인 채송화의 울음을 짓밟는 세찬 바람처럼
푸른 거미들 라합*의 붉은 줄이 짧아 길게 추락함에
긴 뜰채 가진 자들 눈 반짝임같이

채울 것 없어 침묵하는
빈 병 같은 마음으로 추락하는 것들
유리병처럼 산산조각으로 제 몸 깨뜨리고 마는
언제나 추방당하는 번갯불처럼 실족하고 있다

* 라합: 성경(여호수아 2장 1절)에 나오는 인물.

빛의 벙커들 각을 세우고

　하루의 색채는 아침 창의 구름의 질감에서 정해진다 오늘의 빛이 창틀에 벙커를 만들고 우리의 구름으로부터 보호하려 한다

　빛의 벙커들 각을 세우고 창틀에 붙어 있다 흐린 하늘 긋고 가는 빛의 물결에 꽃들의 생이 물들어 간다 구름의 미간에 푸른 독재의 노래로 새겨진 색채들 하루를 지배하고 푸름만 있어도 맑음인데 담담히 모순적인 감정들 끌어당기고 늘리며 오늘의 패가 선명하지 못함에 촘촘히 엮는 치밀함으로 빛의 벙커들 각을 세우고 스스로 반짝이는 기운으로 푸른 색채를 끌어당겨 덮는다

　구름을 머금은 눈알이 흘러 다녀도 사랑할 때 우리 모두 고통 없기를
　색채에 지배당하지 않는
　건재한 언어를 옮기는 일을 해야 한다

　인간을 탐색하는 각을 세운 색채들아 푸른 강을 건너라

　희망이란

수습 불가능한 상황

변모하며 앞걸음 치며 가석방 하지 마라

파괴의 창틀에 앉아

친교하지 않는 색채들로 앉은 오늘

빛의 벙커들 각을 세우고

희거나

검거나

푸른 비명으로 포복하고 있다

불안의 날씨

불안은 거침이 없다
검은 나무를 추격하고 쓰러진 밤의 몸을 휘감는다
봄날의 사과나무 연서들이 소실되고
몇 줄 써 놓은 문장에 쉼표가 거칠게 깜박인다

반들거리던 일상에 먹구름이 깔린다
고요는 우리의 생에서 도망쳐 사라지고
사람들은 자전거를 버리고 굶주린 길로 달려간다
가난한 마음이 두루마리 휴지처럼 감겨 있다

출입 금지의 선을 넘고 들어오는 거친 발자국
뚝 끊어질 줄을 잡고 오르는 우리는
미리 추락을 앓고 있었나
내일은 내일의 태양이 뜨는 것
깊이 앓은 만큼 비례되는 한 알의 푸른 사과를 들고
잃어버린 마을을 찾아 나설 거야
거친 바람이 키운 강한 나무같이
단단한 여름날의 노래를 다시 부를 수 있을까

주름 뒤에는 가지런한 그림자가 있다

생각이 몇 겹 주름에 끼어 있다
주름 잡힌 생각 주름치마를 입고
부지런한 주름치마
게으른 사람은 입기 힘든 옷을 입은
나의 가장 아름다워야 할 날들이 아프다
아픈 날엔 너에게 가지 않을 테야
생겨나는 것들이 모두 부지런한 주름으로 천방지축이다
묵묵히 가지런한 그림자
한나절의 주름을 둥글게 깎아 내고 있었다

문을 닫아도 영하의 주름의 시간 깊어지고
뜨거운 다리미로 다려야 할 주름의 골짜기들
마음 곳곳에 누워 있다
생존의 이빨로 으르렁대는 부지런한 주름
검은 두건을 쓰고 초록의 지옥에 머무르고 있다
그림자 가지런히
주름의 부지런함을 깊숙이 짚어 가며 다림질을 한다
그림자 앞의 주름, 규칙적인 길목으로 가지런해지고 있다

주름은 자주 지워졌고 자주 생겨났다

게스트 하우스 창업기

오늘은 기어코 메타세쿼이아 삼각형 꼭대기에 집을 짓고
손님처럼 밤이면 찾아오는 별들과
압복강 가의 야곱의 밤을 만나러 갈 거야
나의 실패의 손들 회개하는 푸른 종을 매달고
종소리처럼 웃을 거야

긴 삼각형 대문 곁에 세워 둔 햇살과 바람은
유칼립투스와 라벤더를 들고 온 손님 같아
익숙한 향기는 오래된 친구 같아서 마음을 편하게 해
친한 척하지 않고 무심히 나무 벤치에 나른함이 앉는다

가끔은 밝은 보름달의 외로움에 팔딱이는 물고기가 되고
허한 마음 헛디디는 날 솟아오르면
삼각형 괄호 속에 깊게 앉아
맑게 어두워져
하얀 솜사탕 아껴 먹을 수 있을 텐데

한순간을 살아도 자기 무늬로 살고 싶었다
경쟁의 축들 빗금 긋는 자극적인 쇼가 진행되는
파편 속을 걸어 다녔다

상처 없는 발들로 걸어 다니는 바람의 길에
삶의 쉼표 등불처럼 달아 두고
그곳에서 가끔은 외로워도 좋겠다

늘 설계하지만
어른이 되어서 동화를 꿈꾸는
익지 않은 꿈만 꾸는 나를 남기고
삼각형의 소실점으로 남아서
게스트 하우스 창업기는 일기장 책갈피에
길게 눕는다

푸른 라벨 산토리니

색으로 기억되는 것들이 이미지를 만든다

싱그러운 푸른 라벨 같은 곳
그 기억의 끈을 붙잡고
새까맣게 타오르는 재난 문자를 들고
가시 달린 파도로 너에게로 갔다

완벽하지 못해 여백이 많은 삶의
힘없이 가라앉는 상형문자들을 건져 올리고 싶었다
오늘의 긴 낚시대에 걸린
수평선의 푸른 손바닥이 부화하는 오로라 같아
깊게 쳐다보며 구름 한 점 없는 생각을 키운다

해석하고 싶지 않아 덮어 두었던
삶의 기하학적 문양 같은 사연들의 문자가
푸른 라벨로 재생되는 것
기대하는 눈으로 푸르게 물결쳐도 될까

올드포트 절벽의 계단을 오르는
나귀 휘어진 노동의 등이 소금빛으로 얼룩졌다

마주친 나귀의 체념이 눈보다 빠르게 계단을 지워 버린다
세상 어디든 절벽의 계단이 있어
오르막길이 내리막길과 비례함에 위로받은 마음에
고개 끄덕이는 재난 문자들이
푸른 상형문자들로 누구에게나 공평한 계단을 올라간다

에게해 파도는
짠 내 나는 나귀의 오르막길 계단 위로 바람을 몰고 오고
붉은 노을을 보기 위해
우린 절벽의 계단 짊어지고 나귀같이 힘들게 올라가고 있다
계단이 계속 뭉텅뭉텅 솟아오르고

상처를 길에서 넘어져 무릎 까진 정도로 여기는 것

돌부리에 걸려 넘어지는 게 몇 %의 확률일까
새가 날아가다 나뭇가지와 부딪히는 확률은
닫힌 유리문에 머리를 부딪혀
머리 박박 긁는 참으로 하찮은 것들로 게으른 하루를 깨운다
머리가 일시 정지

회전하지 못하는 머리는 팽이도 아니다
레코드판 낡은 목소리 웅크린 마음이
회전하지 못해 똑같은 노래를 내세우는
하루를 지우며 떠날 곳을 검색한다

유배의 길 꿈꾸는 오후
죄목은 아직 정해지지 않고
신상으로 배달된 따끈한 제목도 없다
제목 없는 죄목
문장의 단어들이 수상하다
팽이도 안 되는 머리가 술렁인다

기대가 뚝 부러진 후 창살이 만들어지고
능동적으로 태어나 옆 골목으로 끌려 나가는

나를 신고한다 참 미운 얼굴이다

접수하는 경찰 아저씨 눈빛이 그랬다

내가 가해자 내가 피해자

시큰둥한 눈들에 의해 수동적으로 쫓겨 나온다

헛꿈 꾸느라 넘어져

해답의 잎새 하나 달지 못하고 얼렁뚱땅 넘어가다

무릎 까진 오후가 마음에 미세한 구멍을 내고

하루를 헛산 내 죄가 상처다

상처를 길에서 넘어져 무릎 까진 정도로 여기는 것으로 치
부하는

낯익은 상처는 안 아프나

회전하지 못하는 레코드판 위에서 유배의 길 넘어지고

제자리 맴돌며 길을 잃은

나의 상상으로 끝난 유배는 무릎을 까이고

사비나*

그녀에겐
아직도 시린, 한 남자의 사랑이 머물고 있어
욕망의 망토 벗어 버리고
이륙하는 날개
붙잡는 마음의 넝쿨들이 유리잔같이 위태해
새벽 젖은 날개로 살쾡이 같은 산굽이 돌 때 눈물이 났어

타일같이 붙박인 사랑은 넝쿨 같은 집착이었어
질긴 고치 물어뜯고 나오던 유리알 입술
결의로 길을 열어
팔랑이는 추억은 꽃잎처럼 버리고
묵직한 배반의 언어는 미련 없이 사막에 둔감히 심어 두고
동트는 새벽길을 간다

선인장 붉은 꽃 생이 다할지라도 뒤를 보지 말 것
소금 기둥 된 롯의 아내의 넋이 가는 길 지우더라도,

사랑은 등대 같아 사랑은 여행 같아
두근거림으로 반짝이는 길
움켜쥔 이월된 사랑은 바람에 격하게 버리고

싱그러운 날개 펴고 하늘을 뚫을 듯이 날아올라 봐

올리브 나무에는 앉지 마 외로워지거든
햇살에 날개를 비춰 보지도 마
나르키소스의 늪이 기다리고 있거든

날 수 있어 너를 사랑하는 네 날개를 믿어 봐
이뤄질 실상을 붙들고
충만한 생으로 너의 꿈을 향해 날아올라 봐

천국보다 찬란한 고통의 터널로 나비 날아간다
다른 곳이 그립지 않을 때쯤 사랑도 늙어 가겠지

사랑이란 다 준 것 같고 다 받은 것 같은 것
별거 아닌 것 날씨 같은 것 존재의 가벼움 같은 것

폭풍의 날개같이 자유롭게 날아간다, 그녀

＊ 사비나: 필립 카우프만 감독 작 《프라하의 봄》의 등장인물.

제2부 초록 물방울이 필요해

내비게이션

사방으로 뻗어 나가는

진화하는 지도를 보며 분석하는 눈이 바쁘다

햇살의 손에 걸린 아침 출발선이 분주하다

출렁이며 덜컹거리는 문장으로 길을 떠난다

낯익은 이정표라면 콧노래라도 부르겠지만

불안이 두근거리는 길을 간다

안내는 친절하지 않고 직진의 목소리 금속성으로 명령한다

서투른 운전으로 해석되지 못한 길로 상심하고

예정된 길은 미세하게 벗어나기 시작한다

초조한 눈은 복종에 익숙하지 못해 근심하고

직설적인 안내는 상처처럼

이정표의 진회색 패턴들이 마음에 흉터로 깔린다

동맹을 맺을 연결 고리는 실선 밖에서 흐릿하다

꿈틀대는 눈빛이 같은 프로그램을 공유하지 못한 채 오류다

배후는 불안이다

만삭의 프로그램 속 앓는 길이

후유증의 길들을 낳고 불안의 귀가 컹컹거린다

내비게이션 아가씨 화를 내고 난 나를 유실 중이다

다 소화하지 못한 길들이

찌꺼기같이 둥둥 떠다니고

백일홍 세상이 불량하다

이른 봄 꽃밭 앞줄에 백일홍 씨를 뿌린다
키 작고 행복이란 꽃말을 가진 백일홍
행복의 꽃밭을 갖고 싶었다
잦은 장맛비에 웃자란 꽃
기대와는 다르게 나무가 되었다
백일홍 세상이 불량하다

웃자란 것들로
데시벨 높인 색채 덩어리들 직진하는
세상의 백일홍들은 겸손을 모른 채
세찬 바람에 무너지고 말
웃자람의 울타리를 세우고 있다

세상의 정원은 불량의 바다다

지지하는 관계는 점차 흔들리고
우리의 생각 차이는 멀리 와 있었다

파릇한 모든 것들이 나무가 되고 싶은 봄이다
핸드메이드 원피스를 입은 꽃밭 자랑질이다

가꾸는 의도에 등 돌린 채 방자한 백일홍
백일홍 밤마다 알을 까고
아침이 되면 키 큰 욕망의 얼굴들로 부화된다

과하면 독이 되듯 칼날 부르는 웃자람의 모가지들
더불어 살라고 창조하신 계명을 어긴 죄가 크다

올려다봐야 꽃인 것들은 꽃이 아니다
서로의 눈빛으로 교환되는 사랑이 꽃인 걸

양보를 강요하는 웃자람의 횡포 백일홍의 죄를 묻는다
백일홍 세상이 불량스럽다
웃자란 백일홍의 바람에 날리는 겨와 같은 허세 잘라 버린다

비로소 노랑 빨강 백일홍 꽃으로 보인다

사실은 난 연체동물이야

3호선 지하철 흔들림 속에
흐느적거리는 연체동물이 된다
어제는 무너졌고
오늘은 펄펄 끓는 비정상이 지배하고 있다
거세당한 저작물같이 수동적인 발이
잡고 일어선 벽들이 모래성같이 무너진다

서 있는 모든 것들이 모두 든든한 벽이 아니다

원근과 명암이 점차 지워져
빛바랜 스냅사진의 몽롱한 눈빛처럼
펄떡거리던 동맥들이 흐느적거린다
수직으로 서 있으려 한 순수했던 것들의
등뼈들 무너져 연체동물이 된다

직립의 나약함에 대하여
굳건히 서 있어야 하는 이유에 대하여
설명하며 다리를 단단히 박음질 해 보지만
신비하다
직립 동물이 연체동물이 되는 과정이

반짝이는 여백도 없이 먼지 속을 느리게 기어간다
머리가 오류로 맞서고 있다
직립으로 걸어가라고
회복된 정신으로 걸어가라고
단순하고 우매하게 흔들리며 살던
나는 기어서 가는 연체동물
오늘도 비겁하게 기어서라도 살았다
눈치챈 사람들은 없어 보이는데
나는 자꾸 직립 동물의 몸짓을 흉내 내려 한다
트랜디한 스타일링으로

상승의 관념들에게 빨간 줄을 긋고

요동치는 색채만 높이뛰기를 하는 건 아니다
세상의 구석진 고랑들도 내려앉지 못하고 상승을 꿈꾼다
풍경이 높이뛰기를 한다
높이뛰기를 하는 모든 것들이 풍경이 될 수는 없다
풍경은 오랜 세월에 익는 것

상승의 무작정 뻗친 봄의 발톱들은 날카롭다

기어오르는 습성을 습득하지 못하게 장미의 순을 잘라 낸다
상승의 순들 동그랗게 말아 장미가 되는 법을 알려 준다

봄의 여린 살을 할퀴는 상승의 발톱들의 관념을 다듬는다
높이뛰기하는 색채의 가벼움을 다듬는다
꽃다발에서 뻗쳐 나온 장미의 관념을 다듬는다

잘라 내는 칼끝이 아프다 날카로운 마음이 아프다

기어서라도 오르는 상승의 관념들에게 빨간 줄을 긋고
잠잠히 장미가 되는 법을 가르친다

불확실한 모험

불확실한 모험을 하는 삶의 물음표는
실패의 정신으로
열정의 멍청한 눈 끝에 머물고 있다
인생도 비즈니스와 같은 것 예의를 갖춰 바깥에서 기다렸다
방명록에 장식적인 존재감을 적어 두고
도약의 사다리에 젖은 소리를 팔기 위해 기다리기로 했다
가만히 주저앉고 싶은
생 하나가 마음에 집을 짓는다
유리 구두가 행운을 붙잡는 장면은 없었다
엇갈린 대화가 정제된 톤으로
깔끔하고 담백하게 냉정한 벽들을 보고 선다
짙은 효소 같은 깊게 우러러볼 하늘이 없다
당분간 난폭한 질주는 없을 것이다
체념은 뻔뻔한 얼굴을 쳐든다
머리는 꼿꼿하게 어깨는 힘차게 세우고
어제가 남긴 젖은 메모를 구겨 버린다
다시 오늘의 흥행을 사러 간다
특이한 표기 실패의 라벨을 들고
품질 개선된 세계로 모험을 떠난다
죽기 살기로 다리에 힘이 들어간다

초록 물방울이 필요해

꿀 한 방울을 위해 꽃 5,600송이를 찾아다녔던
아버지가 심장을 꽂는 화살이었을 줄이야
아버지 나를 사랑하지 않았네
아버지 땀의 육체를 내 가운데 놓아 두었다

빈 벌집 구멍 같은
형태만 남은 마지막 영토는 보지 말았어야 했다
수고와 외로움의 함수관계를 미처 몰랐음을 탓하는
먼 미래의 후회는 없었을 것이다
오래된 교훈과 책망을 일으켜 회초리를 든다

세상의 아비들
부지런한 이력이 고단하다
푸른 쉼표가 필요한
앙상한 뼈만 뒹구는 아버지의 밀랍의 시간에
깊은 색채의 초록 물방울이 필요해
부지런함은 쓸쓸한 통증만 남겼어

반성문 쓰는 후회의 교훈들 비에도 씻기지 않아
용서해 줘요

절룩거리는 시간으로 도배된 슬픈 일기장 같아

아버지 사람을 낚는 어부처럼 나를 낚아
달콤한 사랑으로 하루를 일으켜 세우고
내일을 넘어지는 문장에 빠뜨렸다

난 잊을 거예요
멀리 도망가서 거짓말처럼 웃을 거예요
애도의 마음은 나를 묶는 올가미 같아
진심을 보이지 않을 거예요
나를 키우지 마시고 집 나간 탕자처럼 버려 주세요

뮤즈는 늘 싱싱한 물고기

옷을 뒤집어 라벨을 확인하지 않아도 알 수 있는
아마 그녀는 푸른 피가 흐르는 심장을 가진 물고기였는지
도 몰라
펄떡거리는 싱싱함으로 수천 마리의 물고기를 낳는다
물에서 살아야 할
땅의 물고기들 늘 목마르다

풋내 나는 문자같이
한 걸음의 대화도 없이 일방통행으로
쳐들어가는 홀로 사랑했던 중독 같은 동굴
그녀의 일상을 섭취한다
그녀의 싱싱한 푸른 피를 혈떡이며 마시고 있는 흡혈귀
집착의 맛은 중독성이 있어

그녀는 묵은 감성들을 쏟아 낼 푸른 병 같아
그녀 늙지 않고 푸른 물고기 비늘 옷 입고
마약 같은 존재로 하늘을 날고 있어
쳐다보는 눈 아득하다

그녀의 붉은 립스틱으로 가득한 서랍들이

그녀가 늙어 가는 것을 용서하지 못했다
뮤즈는 늘 싱싱한 물고기여야 하거든

그녀를 향한 나의 마음은 진실이었어
슈베르트의 알레그로 모데라토를 줄기차게
틀어 놓던 카페에서
주인장을 쳐다보며
난 그녀를 생각했다
늙은 그녀를 이젠 보내 줘야겠다고
그녀 따라 나도 늙어 가고 있음을

오늘은 맑음

오늘이 맑음의 얼굴로 커피를 마신다
맑음의 창들이
부서지는 유리구슬 번져 가는
햇살의 하얀 속살 그 목덜미에
꽃잎 하나 잎사귀 하나
무늬 새겨 넣고 먼 산을 본다

오늘이 안녕하냐고 어제가 묻는다
폭풍우 치던 밤은 잘 지냈냐고 우산같이 말한다
밥은 먹었냐고
밥상같이 무심히 말하는 너의 배후가 궁금해

빈 들에서 몸 구부리고 물주머니 달고 있던
천 년의 갑절로 산다 해도 행복하게 살 수 없다면
번개의 망치에 맞아 죽겠다는 한해살이풀들의 연합된 소리
한해살이 주제에 천 년의 갑절이라니
참 주제넘는 것들 많아 그래서 한번 웃어 보는
다행이야
오늘은 맑음이야

>
눈부셔 쳐다볼 수 없는 햇빛의 비늘들 빌린 문장 같아
내 것이 아니기에 더 찬란하다

오늘에게 바람이
그늘 한 점 없는 정오의 햇빛을 심고 돌아서는 길
깊게 심으면 싹이 올라오지 못한다고 지나가는 구름이 말한다

모든 것들을 견뎌 내야 하는 세상 마당이 구름투성이다
다행이야 오늘은 맑음이야

심플한 죽음

고양이 한 마리 아스팔트 바닥에서 운명하다
객사는 불길하다며
상한 마음조차 꺼내 놓지 않고 모두 떠나갔다
청소부 아저씨 투덜거림의 수고가
청명해서 비극적인, 까만 털이 수의 같아

죽음은 발그레한 살갗을 무지막지하게 뭉개 버리는 것
그때 알았다 죽음은 붉은색이란 걸
살고 싶은 열정이 흔적으로 남긴 색

무기력함으로 대항하는 황당한 사건 같은 것
살 동안 천국과 지옥의 바이러스 접종한 자들
저세상 삶 걱정하진 않지만
먼지 쌓인 기념품 같은 사진 유산처럼 남기고
파란 눈동자 시베리아허스키 타고
얼음처럼 차갑거나 눈처럼 반짝이는 먼 길 떠난다

화장터에서
언젠가는 누군가의 사랑이었을
새하얀 블론드 인형

참 심플하기도 해라

부드럽게 입맞춤했을 보드라운 살결도

발톱 세우던 붉은 목젖도 한 점으로 폐기되고 있다

하필이면 예의 없이

탄력 개선제 광고 문구 품은 전봇대에 걸린

현수막 속 국화 한 송이 바람에 흐느끼고 있다

애도는 국화가 하고

우리는 폐기의 행렬을 관람하고 있다

성문 밖 못 박힌 자 구경하는 눈먼 자같이

밤새 균열의 문장 쓰다 지우다

내가 죽인 단어를 애도하는

어둑해지는 마음이 축축하게 마모되고 있었다

시든 문장의 꽃잎을 딴다

쓰레기들

차마

불 속에 넣지도 못하고

폐기도 못 하고

미친

어서 말을 해 동그라미

낯설고 불편하다고
백미러만 보고 가는 게 아니었다고
줄 긋고 넘어지는 것 지켜보는 눈들에게
후회를 들켰다

줄지어 앉은 세상의, 날 선 관객들을 보고
너의 눈빛에 불안이 담기고 있어
어서 말을 해 동그라미 신파의 눈빛 거두고
당신들을 향해 독화살을 쏠 수 있다고

아직은 사각의 모난 각오가 필요해

지독한 꿈을 꾸어야 해

네 속의 소리들에게 여백을 줘서는 안 돼

마음을 나눌수록 고독해져 이해해 줄 거라고 믿지 마

모든 시선이 내 발목에 모여 있다는 것을

>
둥근 마음, 얇은 각오 같아 허공을 만들지
멜로적인 감정으론 공간 해석이 부족해
객관적인 시선이 필요해
멘토 부재의 시대에선
스스로 당돌하게 올라간 꼬리가 필요해

무릎 꺾인 후에도
너는 선한 눈빛을 할 수 있을는지에
지독한 질문을 던진다

그 순한 눈빛이 자꾸 나를 찔러

고집의 뿔

분리된 영역으로 해방을 꿈꾸다
독선적인 선장이 힘든 과제를 제시한 것처럼
가시를 세우고 까칠하게 입술을 깨문다

허세 부리는 오기의 시간들이
고집 센 양같이 입을 굳게 닫고 있다
꺾기지 않는 뿔 같아

고집의 뿔은
일상을 걸고넘어지는 천 개의 손들 같아서
머릿속은 가시 박힌 십자가

오후를 찢어 놓는 살기 머금은 바람의 가시
수직으로 서서 정복할 곳을 노린다
선장은 가시를 다루는 것에 서툴다
직선의 직유는 모서리에 부딪혀 상처만 남길 뿐
가시 뿔같이 솟아오르는
찌르고야 마는 직유의 가시
여유가 없다

\>

가시를 세운 까칠한 고집들이

휴전할 수 있는 구실들을 찾아본다

대체될 감정이 메말라

시작과 끝은 극단적이다

철학도 없이 막무가내로 찔러 보는

무례한 화살처럼

취향이 까다로워지고

명분 없이 화를 벌컥거림에

휴전은 유보되고

오진이 오진을 낳는 날

사랑은 초록색, 꿈은 빨간색일 거라고 우겨 대는
나무는 혼자 서 있는 삼각형이어야 하는 고집 센 아이처럼
오진하는 것들로만 인용되는 문장 같은

계절이 한 움큼씩 바람 지나듯
또 한 생을 지나감을
읽음이 철들어 가는 나이라는데
철듦의 기준이 계절임을 몰랐네
생각에 뼈가 없어 지금도 나무는 삼각형인데

사랑에 대해선 초록이라 붙여 어리석은 사람이 되었고
아가미 빨간 싱싱함으로 꿈을 꾸며 지혜로운 사람이 되었다
이런 내가 싫어졌어

일기장에 오진을 기록하다 영악하게 철이 들었다
세상을 다스리는 근육에 빌붙은
철든 어른으로 아빠처럼 터프하게 나를 다스리고 있어
오진이 오진을 낳는 날 고양이같이 울었다

설 수 있는 다리가 필요한 날 난 은행을 털고

이제는 사랑을 위해 꽃집을 털어야 하는
문득 그런 내가 나여서 낯설은
삶의 그물에 걸리는 것 많아
주제를 찾아 고독할 시간 더 굵어지고

밀을 심어도 가시를 거두는
내 살 파먹는 오진 같은 날일지라도
어리석음을 즐길 수만 있다면
뼈 없는 생각으로
뼈 있는 사람들을 허물허물 기어오를 수 있을 텐데

큰 오브제가 흰 원피스를 망쳐 놓은 날

유난히 반짝이는
큰 오브제가 흰 원피스를 망쳐 놓은 날이다

돌이킬 수 없는, 기본도 모르는
그렇게도 자신 없는 삶을 살고 있었나
질문에 대한 해명을 거절한 채
오늘도 빨간 구두 허세가 달리고 있다

기본에 미숙한
소녀들의 치장이 과감해지고
자극적이지 않으면 상품이 되지 못하는 화려한 꽃들
특별하고 싶은 무모한 가방을 메고
달아나는 발목 따라 꽃들이 달린다

평범해서 더 특별한 것들 찾아 나선 길
가이드북은 겉표지가 찢어진 채
잡초를 이고 고물상에서 낡아지고 있었다
짧은 생이라 다행인 잡초
오늘을 빛나는 종말같이 즐기고 있었다

\>

모두가 포기한 후미진 호텔 뒷골목에

누군가는 잡초라 하고 누군가에겐 꽃으로 보이는

밤새 민들레는 노랑 꽃잎을 만들고

아침이면 수식어로 치장된 무거운 명사들에게 짓밟히고

그럼에도 불구하고

끈질기게도 촌스러운 민들레꽃 해맑은 얼굴들

그 촌스러운 것들이

오독 같은 우리를 포기하지 않고

유쾌한 위로처럼 괄호 속을 채우고

익지 않은 반짝이는 것들은 세상을 펄럭이고 있다

뜨겁거나 얼음처럼

1

그 넓은 들판을 최고의 비밀을 혼자 안 얼굴로
누설되지 않는 꿈을 씨로 만드는 일로
꼭두새벽 그렇게 달려갔는가
이제 돌아와 업어 줘
날 업고 어디로 뛰려는지 늘 두근거려
날이 저물고 그림자가 사라지기 전 꼭 돌아와 줘
꿈을 기억해서 벌하고 싶은 화는 서러운 것
만선처럼 쌓이는 꿈들 물보라처럼 흩어진다
바위처럼 닫혀 있어 열 수 없는
꿈은 차가운 얼음의 얼굴
죽어야 할 것들 첫날의 각오로 발로 차 버릴까

2

죽은 고양이를 파묻어 주고 오는 새벽처럼
마지막 악수를 천 근같이 나누고 돌아설 때
짐승처럼 춥고 배가 고팠어
결핍에 나타나는 육체의 통증이라 했는가
꿈결같이 아침 햇살같이 보드랍게
사랑했었던 적 있었지

포기하지 못하고 끝까지 붙드는
뜨거운 계절을 벌하여야겠다
뜨겁지 않아 초라한 소재로 머뭇대는 사랑
유조선처럼 겨우 철수하고 있어
헛된 짐 같은 것 지고 가느라
나의 마음은 늙어 가고
뜨거웠던 사랑의 모서리도 낡아 간다

스며듦은 슬픈 일이야

그녀에게 오후가
낙엽같이 졸린 눈빛으로 스며들고
탁자의 나른함으로 스며든 꽃병의 장미들
남은 푸른 비늘들 바스락거리며 생기를 소비한다

파닥이는 비릿한 향기로 푸른 물고기 만들까

고개 숙이는
시든 것들로 스며든 나른한 꽃들
더 이상 장미가 아니다

서늘한 파문이 이는 저녁으로 스며드는
아스피린 몇 알로는 치료할 수 없는 절벽의 고통
저항하지 못하고 스며듦은 슬픈 일이야
그녀의 갈색 마음이 물고기처럼 내 곁에 눕는다
앞뒤를 뒤집어 봐도 상한 물고기야
혼자 앓는 내성적인
주머니 채우고 있는 질긴 갈색 딱지들
익을수록 아름답지 않는
그녀 얼굴 더 이상 장미가 아니다

제3부 사랑을 생필품처럼 말하는

제비꽃 다발과 부재*

　느낌에 따라 기억을 기록하는 방식이 다르다 새로운 양식의 다른 깨달음을 구매하는 팔목에 힘이 들어간다 메시지 붙잡는 꽃들의 수다에 꽃다발의 성숙미를 묶지 못해 합의도 몰입도 동의하는 마음도 그림에 옮기지 못한다

　설득력 있는 이벤트 공간이 부재다 오염원을 정화해야 하는데 뒤덮고 있는 탐욕의 정글에 색다른 실험의 눈을 그려 넣을 수 없다

　오염된 밑그림, 느낌의 에너지 끌어올려 꽃다발의 주형을 찾아내야 하는 실제와 허구의 경계가 실험당한다 모두의 공간이 열려 있다 천 개의 눈으로 열린 공간이 된다 모든 꽃들이 그림이 될 순 없음을 우린 살면서 배워 나간다 어쩌다 운 좋게 다발 속에 들어온 제비꽃들 그림 밖 꽃들에 빗금 긋기 바쁘다

　그림 속 제비꽃 다발 그림 밖 붙잡는 손들을 과묵한 파수꾼처럼 굽어보고 있다 기억을 기록하는 손이 부재다

* 〈제비꽃 다발과 부재〉: 마네의 그림.

꽃 한 송이도 그리지 못하고

누가 재촉하는 것도 아닌데 물을 앞지르며 걷는다
성냥불 제 머리 태우듯 인내는 5분을 넘기지 못하고

비탈에 서 있는 사과나무처럼
세월 앞지름의 조급함이 더 익겠다는 각오도 없이
익지 못한 풋사과만 매달아 놓아
비극이야, 정지된 화면처럼
꽃 한 송이도 그리지 못하고

몇 방울의 뭉클거리는 열정은
후박나무 밑으로 설득력 잃은 단어들로 태어나
활처럼 휘어진 동사들 일어서 보려 하지만
지팡이 닳아 한쪽으로 기울어져
결국은 넘어지고야 마는
사과 한 알도 안 되는 꿈을 그리고 있다

허세는 클렌징크림 거품으로도 지울 수가 없어
허세는 열등이 낳은 바람
열등의 등에 업힌 헛된 얼굴의 허세가 만국기처럼 펄럭이고

\>

신이시여 튼튼한 말뚝 같은 희망을 죄 없이 꾸게 하소서
천천히 누워서도 꿀 수 있는 게으른 꿈을 꾸게 하소서

아가미 붉어 슬픈
수직으로 오르는 희망의 그물을 찢어 버리는
그녀, 그녀를 잃고
꽃 한 송이도 그리지 못하고

4월이 계절을 거스르다

침묵의 무뚝뚝한 얼굴로는 도무지 소통할 수 없는
조작된 유전자처럼 4월에 눈이 온다

은폐되지 못한 소문처럼 발가벗은 눈이 온다

언제부턴가 사람들은 공식을 만들고
구속 같은 공식 대입되는
잣대 위 험담의 화살 비껴가는 사람 없어
생각의 살갗을 베고 가는 풍경이 우습다
4월의 눈에
그동안 어른의 공식의 필통에 갇혀 있던
아이들의 얼굴 24색 크레파스 색깔로 해방된다

계절의 공식은 봄인데
생각의 습관에 파문처럼 하늘이 비눗방울 놀이를 한다
함박눈에 아이들 웃음으로 순수를 만져 보라는 지엄한 놀이

기꺼이 동참하지 못하는 공식의 발걸음이 무겁다

화들짝 놀란 공식의 어른들

오른손으로 급히 계절의 폭동을 검색하는 손 바쁘다

긴 겨울의 끝의 난폭함을 덮는 얇은 천을 쓰고
개그같이 눈이 온다

공식의 문장에 반역하듯 눈이 온다

덧셈과 뺄셈을 하며 계절을 계산하던
만삭의 겨울 꽃 노란 복수초 눈 위에 다시 돌아와 앉는
4월은 다시 겨울이다

내 전부를 소리쳐 봐도

아침 밥상엔 마음이 질긴 부드럽지 않은 나물과
시든 화분의 목마름이 앉아 있다

진심으로 아름다운 노래 부르고 싶은데
떨어진 꽃잎처럼
까칠한 고집만 쌓이고

나 사는 동안 몇 번이나 노래 부르고 살았는지
내 전부를 소리쳐 봐도 노래가 되지 못해

기회가 닿는 대로 저항하는 파수꾼을 세워 보지만
우연이라 보기엔 규칙적인
불면의 밤들이 검은 목마름의 메시지를 집어넣는다

내 전부를 소리쳐 봐도
푸른 날것의 얼굴 부활의 노래가 되지 못한다
우물가의 여인은 보이지 않고 연약한 삶의 고리들 목이 마르다

다시 알 속으로 들어가고 싶은 누에고치의 시간들이
두꺼운 커튼을 치고 소파에 웅크려 눕는다

\>

시든 화분에 물을 준다
시든 시간이 숨어 들어간 늙은 화분 회복의 시간이 길다
탐스럽게 피었던 꽃송이들
밑바닥에서 무력하게 뒹굴고 있다

누군가의 귀에 매달려 노래하는 바람에게
전송할 엽서는 망설이는 시간의 검열을 통과하지 못하고
소리쳐 노래할 시간들이 시든 꽃들처럼
소생의 기운 마른 채
불면의 밤에 길게 드러눕는다

하늘 아래 내려앉는 목마름은 봄을 예약하지 못하고

가파른 지형

비스듬히 서 있는 나무들이 석순같이 돋아나
넘어지는 길 좁히는데
갑자기 바람이 채찍 맞은 듯 가파르게 올라간다
덩달아 이마는 지팡이를 짚고
발걸음 점차 끊기 시작했다

가파른 지형에
앞만 보고 달려온
사람들이 일궈 낸 밭들이 허덕이며 벌떡벌떡 일어선다
바람의 자손들이 이곳에 집을 짓겠다고
도박 같은 계약을 하고

쉼터는 가파른 지형의 정상에 있단다
정상은 꿈 밖의 꿈
매끄럽게 정상을 쉽게 허락하지 않아 넘어지는
비가 온다는 뉴스에 하늘의 배꼽에서 비상벨이 울리고 있다
아까워 뒤를 돌아보는 급히 올라온 길
하산이 아쉬운 소심함이 빈혈 일으켜
올라가지도 못하고 내려가지도 못하고

>
가파른 지형 위
의도적 설계가 아닌가 하는 의심이 마음을 힘들게 해
발자국들이 불안하게 몸을 흔든다
막다른 공간의 입구를 향해 가는
방목된 발걸음이 엉켜 버린다

몇 겹의 가파른 지형이 겹쳐져
푸른 초장을 만들고 집을 짓는 유언비어
꿈 같은 이야기를 믿는 어리석음이
올라가고 올라가도 계속 가파른 지형이다

세상 구경 온 마녀

이름은 물루, 머리는 푸른 염색을 하고요
하얀 웨스턴 부츠를 신고 초록 가방을 메고 다녀요
고물상에서
헨젤과 그레텔이 할멈 마녀와 놀고 있네요
동화책을 읽지 않는 아이가 장난치는 열두 번의 종소리에
머리 엉클어진 신데렐라가 급히 뛰어나와
분홍 고래 보뚜를 타고 아무도 찾지 않아 늙어 버린 인어
공주에게
빨간 머리핀을 꽂아 주고 손톱엔 푸른 매니큐어를 발라
주네요

고물상이 동화의 나라인 것 같아요
빗자루 대신 난 비행기를 타고
떴다, 떴다, 비행기, 앵무새같이 노래 불러요

어느 날 껍질 벗은 완두콩처럼 굴러다니다 마음속으로 들
어가요
맹독으로 가득 찬 독초들이 자라고 있네요
사랑을 입으로 말하는 풍선 같은 사람들이 편의점 선반 위
에서

나를 보고 찡긋해요 무슨 의미일까요

확대해 본 세상 곳곳에 마녀사냥을 하고
한심하고 비열한 녀석들이 생사람을 잡아요
이에는 이 눈에는 눈으로 갚아 줄까요
우릴 대놓고 나쁜 마녀라고 부르지만
착한 사람인 척하는 당신들 비겁쟁이들이군요

그래도 우린 동화를 짓지요
돌 던질 곳 찾는 당신들에게
동화에 나오는 모든 마녀들이 돌을 던집니다
머리가 깨져 정신이 들도록

오늘은 붉은 노을 염색을 하고 매부리코를 성형했습니다
혹시 모르니 뒤돌아보세요
여기저기 기웃거리는 마녀가 있을 거예요
마음을 들키지 말아 주세요
돌에 맞을 수도 있으니까요

우리 섬이 되어

왜 우리는 서로를 확인하려 하지
이상해 그림자는 늘 하나뿐이야

서로 다른 원근법으로 서로를 바라본다
맴돌아 가는 물살 방향 달라 균형만 삐끗거려
얼음골 같은 공유의 머리칼을 빗어 본다
다이아몬드 핀을 꽂은 즐거운 소풍날에도
역시 보호자 없는 외로운 응급실행이었다

찬바람 부는 날에도 견디었다 유리구슬처럼 혼자 우두커니

초록은 초록으로
공동체 무리에서 돌아앉은
나의 뒤통수에 박히는 살색의 살기들
견디지 못해 무리 속으로 다시 돌아앉는
오지브와 인디언의 미술에서처럼
타인과 동일하도록 색칠하여 안전을 보장받으려 한다
먹이 노리는 들개같이 서로 노려보는
관계 개선은 싹도 없는 애증의 관계
그래도 곁에 두어야 안심하는 쌍둥이들

>
나를 못 박지도 못하던 2,000년 전이나 오늘이나
같은 행성 속 서로 다른 꿈을 꾸는 외계인
파도가 삼켜 버리는 난파선 같은 우린
한 벌의 구명조끼를 두고 싸운다

우린 부서진 유리잔 같아 따뜻한 물을 건넬 수 없다

사랑을 생필품처럼 말하는

고속도로 휴게소
카세트 테이프의 앵무새가 생필품처럼 사랑을 팔고 있다
가슴 깊이 새겨 둘 푸른 배 같은 말을

너를 사랑한다고 생필품처럼 말하는
가벼운 입술이 가벼운 삶을 닮았어
남들이 모르는 비밀을 알게 된 것처럼 왜 당혹스럽지
사랑받았던 내 나이도 모르는데
페스티벌 티켓 같은 것 갖기 위해
겁이 날 만큼 미쳐야 하나

상징의 틈새로 실제가 고개를 내미는 순간에
끝없이 외로웠고 친화적인 호흡을 할 수가 없다
사랑해서
강한 비극에 쓰러지길 빌었어
현실에서 매몰될 만큼 더 비극적이길
한때는 바랐었다
삶의 박자와 맞지 않은 선율에 극적인 전개는 없었지만

부질없는 치장 같은 것 거추장스러운 것들

나에게 말하지 마

진짜로 믿는다면 어쩔래

사랑이란 슈만의 판타지아 다장조일 거라고

사랑하는 클라라

너는 진주 목걸이를 하고 파도같이 흔들릴 거라고

16분음표로 파도같이 흔들리는 열정이 담긴 격렬한 것

난 그런 환상에 잠겨 있어 사랑은 그래야 한다고

낭만적인 슈만적인

권태기엔 무엇이든 소비해야 한다

권태기엔 무엇이든 소비해야 한다 여름에 입을 푸른 원피
스를 샀다 폴리에스테르 100% 바람의 길을 차단하는 기술이
만든 금속성의 질감 여름 소재는 아니다 교환할까 생각했는
데 게으름으로 옷 방 깊숙이 걸어 둔다 순환하지 못하는 바람
은 겹으로 쌓여 담이 되고 구름이 되고 원수가 된다

관계가 삐걱거리는 것들을 깊숙이 넣어 둔다 반들거리는
금속성 질감들의 메마른 감정들 구매 책임은 나에게 있다 단
순하게 살고 싶은데 내가 책임져야 하는 목록이 더해지고 두
손 모으고 권태의 방에 공손히 앉아 방 깊숙이 넣어 두었던
것들 헤아려 본다 누구든 깊숙이 넣어 두는 것 있지 않은가
스스로 기어 나오는 것은 실례다

한때는 아름답다고 집 전체를 분홍 꽃무늬 벽지로 도배한
적 있었다 권태기의 꽃은 아름답지 않다 늘 사랑할 거란 실수
가 저지른 일이다 바틀 로켓 정신병동 분홍빛 꽃무늬 벽지에
도 쉴 새 없이 꽃이 피고 권태기의 꽃은 마음 휘돌아 가는 소
란스러움일 뿐 권태기의 벽지 뜯어낸다 협상이 불리한 시기다

권태기엔 무엇이든 소비해야 한다

결핍의 장을 정독하다

건조한 결핍들이 우산을 쓰고 비를 기다리고 있다

일기예보 안전 문자가 전송된 줄도 모른 체
큰 우산으로도 막을 수 없는 폭풍우에 젖은
결핍의 장들로 뜨개질된
상한 갈대의 옷들이 튀어나온 모서리에 올이 풀리듯
술술 읽히는 뼈 없는 이야기처럼
작은 날개 눈 뜨고 있는 기억의 저편 이야기들
사랑한 적 없는 구속의 어머니
당신의 식민지를 해방시켜 주지 않고 붙들고 있다

사랑하는 동안엔 삶이 단순해지는 것인데
사랑하지 않아 결핍의 꽃들이 만발이야

신전 기둥처럼 튼튼한 다리로 흔들리지 않는
갈대를 원했는지 모르겠다
난 왜 발자국도 흔들리면 안 되는 줄 알았을까
결핍의 장엔 낡은 신발을 신은 어제의 아이
야윈 눈이 뺨보다 더 붉다
결핍의 장을 아프게 대면하며 나를 정독하는
시간들 해방을 선언한다

뜨겁게 썩은 우리

기댈 어깨가 가난하게 흔들리고 있다
믿음의 얼굴로 난처한 해답을 요구하고
마음속의 빈 새장이 무겁다

서로의 진심이 몇 초였을까
기억의 눈꺼풀이 무겁다
아득한 눈으로
물어보지 마십시오 모릅니다
불빛만 보아도 마음을 열고 싶었는데
미안합니다

물들어 보지도 못하고 뒹구는 잎새 같은
노래하는 새 한 마리 키운 적 없는 빈 새장 같은
과도한 빈약함의 나락의 우리
각자의 다른 청구서로
에리직톤 허기의 저주에 스스로 몸을 먹어 치운다

숲의 요정들의 간청에도 나무들 도끼에 찍혀 버리고
딸 메스트라까지 팔아 허기를 달랬던
현재를 살아가는 에리직톤들의 허기

뜨겁게 썩은 우리

서로에게 도끼의 칼날을 겨눈다

푸른 나무의 생이 엎드려 죽음의 노래 부르고

그루터기까지 찍어 내는 모진 마음은 죄라고 배웠지만

살기 띤 허기에

열 개의 구멍을 채워도 배가 고파

너를 먹고 나를 먹는

시스라의 팬데믹 늪에서 허우적거린다

외모로 삶을 논한다

눈 속에 파묻혀 씨앗처럼 웅크리고 있는
봄을 기다리는 눈 반짝이는데
아름다운 표지 같은 눈들이 씨앗을 훔쳐본다
염려 마라 언젠간 우람한 나무로 너희의 그늘이 될 테니

외모로 삶을 논한다

그대여 튼튼한 울타리 자랑 마라
그대의 소유가 숲속의 사자 소리로
선한 지출 책임 묻는 질문 던질 때
우리 모두 가난한 물같이 떠내려갈 테니

외모로 삶을 논하는
저울의 티끌 같은 것들의 웃음소리
가시같이 박혀
마음에 숯덩이처럼 출렁이는
이 나약함이
바닥보다 더 무서울 수가
세제 방울 거품 같은 빈 가슴에
대변할 말을 찾아 줘야 하는데

호명되는 삶의 출석표가 허술해서
실천은 건조하고 고백은 공허하다

이 나약함으로
몽환의 거울에 비치는 것들 붙잡으려
피리 부는 사나이를 따라가는 가벼운 몸짓이
브레이크 없는
열쇠 꽂힌 자동차 같아

잎사귀 하나 달지 못해도 흔들릴 수 있는 나무같이
태연히 흔들리며 살 순 없냐고 밤마다 나를 교훈하고

화답 없는 메아리처럼
묻히는 목소리 함몰하는 생각으로 억울해하고

상공을 비행하는 중이다

날아오르는 꿈을 악몽같이 꾸다
일어나 보면 깡통인데
수분 마른 삶의 구근들 아직도 알에서 깨지 못하고
현실을 지워 버린 어느 적 나비의 꿈만 꾸고 있다

구체적인 비행기 완성본을 가꾸는 이웃들 곁
맨발의 말들만 수록된 고인 하늘만 쳐다보는
우린 늘 엇박자야
추락과 상승이 되풀이되는 소비당하는 현실에
절감법을 배우지 못해 삶이 빈곤해

능력 있는 자들의 펄펄 끓는 질주를 배우려고
연습 없이 달리다 코앞에서 넘어지는 나의 결핍들
그들의 펄펄 끓는 열정에 덴 상처 입은 마음
얼음 둥둥 날아오르는 수박주스를 마시며
한심하게도 재주 없음을 시인하는 눈이 내려앉는다
올려만 본 목이 눈치 없이 아프다

다음 기회를 노리면 된다는 위로의 선심
깡통의 눈에는 깡통으로만 보이는데 잘난 척은

건네는 손들이 마임을 하는 듯해
다가가지 못하고 거절하는 손이 가난하다

기회는 노리는 거라는 그들 앞에서
커다랗게 뜬 눈 실현을 노린다
날아오름에 날씨의 기류를 핑계하던 날
풍선 너울 속을 노리다 냉큼 합승을 시도해 본다
속을 비워야 가벼운 동사가 되는데
추락하는 마음이 격렬하게 뛰고
기회를 노리던 용기로 힘차게 발을 굴러 보지만
추락하고 마는 깡통 소리 요란하다

배짱도 없이 비겁하게

눈치 없는 늙은 철학자 에머슨의 지팡이가 배가 고프다고 대변인처럼 말을 건다 퀭한 표정이 구걸이다 뱅쇼 따뜻한 와인 냄새를 맡은 그의 코가 벌씬거린다 정체된 듯 움직이지 않는 현재를 고상하게 견디는 것 같은 표정이 마음에 들지 않는다 좀 더 솔직한 인간적인 냄새를 풍기면 안 되나 먹을 것 하나 해결하지 못하면서 자존심 앞세우는 그는 배고픈 남루한 모습을 들키고 싶어 하지 않지만 이미 들키고 있었다

노크 소리 날 때마다 뭘 드릴까요 나의 인사법이 오해를 낳았다 질긴 뿌리의 고향을 찾은 듯 우호적인 디딤돌이 필요할 때마다 어깨를 기대 온다 온몸으로 구걸하는 그의 눈빛은 이슬 젖은 낙엽 같아 명철한 두뇌가 세상살이를 우둔하게 해 겨우 시침질 끝난 겨울 담장 안이 속절없이 외로운가 보다 새 우등처럼 고립의 등 휘어져 몇 겹의 옷을 입어도 추운가 보다 세상으로 난 길 환한데 홀로코스트는 담장 안에 있었나 보다

시도 때도 없이 찾아오는 민폐의 뜻을 아랑곳하지 않고 요즘 정리는 항상 자기 기준이다 그는 응급실 찾는 환자처럼 찾아온다 앓는 소리 귀담아듣지 않으면 알아채지 못한다 언제나 점잖게 백과사전처럼 말하는 그의 입을 꿰매고 싶지만 나

는 우둔한 학생처럼 알아 듣는다 접속 불가능은 없다 관심이
문제다 어떻게 살든 상관없지만 배짱도 없이 비겁하게 안 그
런 척하는 내숭이 싫다 모른 척하지 못하는 내 오지랖도 싫고

moment

아달랴의 손아귀엔 칼이 춤추고 있었어 일곱 손자들의 아우성 소리가 들려 죽음과 삶은 순간이야 위태한 나뭇가지에 매달려 있는 염소 같아

서슬 퍼런 바람이 그 밤에 불고 있었어 내 목을 만지고 있었어

초조한 눈빛이 떨린다 간절함으로 칼끝을 바라본다 어제의 노래가 아직도 따뜻한데 죽음의 골짜기 하얀 백지의 순간 뒷걸음치는 걸음 절벽으로 밀쳐 버리는 내 기한의 날

물구나무서서 바라보는 시선 끔찍해 은밀한 계략 움켜잡고 급강하하며 회전하는 원심력으로 고통의 꽁무니를 물어뜯는다 죽음은 함정의 입 벌린 요나의 고래처럼 회전하고 있다 통제의 그물코에 걸리지 않는 안개 같은 것 찰나의 순간으로 눈빛 끊임없이 회전시키며 뒤쫓아 오는 그 회전이 나에게서 멎는다면 손에 있는 오렌지를 던져 줄까

신이시여 악인의 손에 나를 허락하지 마시고 내 굽은 마음에 오렌지 향이 날 때까지 기다려 주시다 방탕한 백 년 치의 이파리 모두 탕진한 날 그리하소서

제4부 프리랜서

바닥에서 수거한

빙하시대 사람들은 바위 속에 동물의 정령이 산다고 믿었다 밤마다 닿을 수 없는 하늘을 바라보다 바람의 날개 타고 영역을 찾는 킁킁거리는 굶주린 소리에 쏠려 다니느라 몽당빗자루가 된 눈들이 반달처럼 되어 박제된 심장을 쓸고 있다 밤새 올려다본 별빛들로는 암시의 단서를 찾지 못한다

폭우로 유실된 흔적을 암반 구덩이에서 찾아본다 발견할 단서의 열쇠를 기다린다 사나운 자연재해는 기억을 유실하게 해 바위의 성분이 되어 버린 정령들 삽화가의 아트적인 상상력으로 푸른 정맥이 바위에서 탄생되고 그들의 심장을 구할 향유를 뿌린다 세밀하게 묘사된 기억의 길 킁킁거리며 사냥길로 떠난다 살아 돌아오길 비는 기도 소리 온 숲에 울린다

바닥에서 수거한 뼈들이 삶 속에 신비한 뉴스로 튀어나와 원시적인 의식처럼 맹렬하고 충성스러웠던 기상이 암반을 때린다 퍼렇게 멍 드는 바위들 밤마다 울부짖는 소리에 굽어진 나무들이 진혼제를 올리고 춤추는 발자국들이 바위에 검게 암각되었다 폭우는 밤새 내리고 정령들 부활의 꿈을 꾼다

암산으로 도무지 풀리지 않는 정령들의 날들

흩어진 시간

진실 비호하는 어두운 시간이 팔레트 위에서 삶을 살고 있다
노래하는 검은 탄성의 시간
오페라 《이올란타》*

눈먼 인생 이올란타의 시간이 흩어지고 있었다
외딴 성에 사는 공주의 웃음소리가 맑아서 슬픈
눈먼 세계, 여린 감수성의 시간과 몸짓이 슬프게 흐르는
장면에
장미들도 조용히 피고 지는 늦은 봄이 느리고 서정적이다

—본데몬, 하양과 빨강이 대체 그게 뭐죠?
만져 보지 않고 장미가 몇 송이인지 어떻게 알아요

—사랑하는 딸아 보는 세상에 실망하지 마라
누구든 딸의 처지를 알게 하는 사람은 죽임을 당하리라

향기의 안부가 궁금해 상심한 사춘기 이올란타
눈 뜸의 소망 깊은 기도 소리에 이르지 못해
작은 세상, 새장 속에서
검은 백조 맑은 개울물 소리에 찰랑이듯 춤을 추고

이목구비 없는 향기만 가득해

보이는 세상이 실망스러울지라도
이올란타
단단한 어둠의 딱지 뜯어내고 빛의 문고리를 잡아 당겨라

오페라 이올란타 배경에 눈이 내리고
어둠의 시간 속 장미 향기
쓰다듬은 이미지들
본 적 없어 그리운 줄 몰랐던
추상적인 색의 향기 허구의 담에 걸터앉아
햇살의 각도 따라 변하는 색의 향연을 몰랐어

내가 그리던 세상은 아름다웠노라고
눈 뜬 이올란타 아프게 말한다

* 차이콥스키의 오페라 《이올란타 *Iolanta*》.

계량기의 눈금

아무것도 숨길 수 없는 그림자의 죄까지도 기록하는 눈금에
표백되지 않은 허물의 주머니 내 비천한 그림자가
보도블록을 더럽힌 죄로 계량기의 눈금이 가볍다

함박웃음 시들며 지나간 자리
손바닥에 남겨지지 않는 비눗방울 같아
계량기의 눈금은 제자리

매장된 슬픔을 캐낸 자리에 어린 시절 시냇물이 생기고
추억의 아픈 것들로는 건너갈 징검다리 심을 수 없다
우리들의 빠른 계절
아픈 날의 무게들은 가만히 침묵의 발톱에 비밀히 새겨야 해

느슨해진 오후의 따뜻한 무릎 베고 누운
몽롱한 토요일의 눈금들이
함박웃음 짓는 언니의 미소를 닮은 목련꽃 한 송이로
웃는 무게를 더하고 싶은데
티눈같이 박혀 있는 아픈 것들 목을 세우고
발을 거는 올무로 계량기의 눈금을 붙들고 있다

\>

오차 가득한 소식처럼

계절을 잊은 겨울 장미

노란 원피스를 입고 바람 속을 걸어 다니고 있다

바리새인의 가시 같은 삶이 목이 말라

기우뚱거리는 연산의 원리에

생수 한 바가지 올려 보는데

계량기의 눈금이 물음표로 꺾어진다

밑줄 긋는 여자

간곡하고 공략적인, 풀린 태엽처럼 말하는
다 해라! 주름 걱정 말고
달콤한 광고의 입술에 현혹된 거울 속 여자
문장에 밑줄을 긋는다

완벽하고 동적인 묘한 감각이 일어선다
날아오르는 빨간 풍선 같은 마음이 거울을 본다
동참할 응답에 대하여 물음표들이 묻는다
마케팅 전략이 평범했던 일상에 파문을 던지고
잠시 주름진 얼굴의 메마른 광야가 푸른 초장에 눕는다

말줄임표로 말을 아끼던 거울이 여자의 주름에 집중한다

다 해라! 주름 걱정 말고
격한 긍정으로 아멘이라고 할 뻔했다
그래 볼까라는 응답에 한 표를 더한
마음이 용수철처럼 튀어 오르며 퍼덕인다

다 해 보지 못한 아쉬운 흔적의 부딪침이 충돌로 주름진다
공감은 부재중인데

무엇이든 오늘 다 할 것 같은 불끈 솟는 힘이
망설임도 없이 다시 튀어 오른다
마음 구석구석이 빨간 풍선의 축제다

비만의 메세지가 흘러넘치는
생색내는 광고의 하얀 거품 속으로
명랑함으로 튀어 오른 그녀의
충성스러운 마음이 달려가고 있다

낙타의 눈물

오후의 뜨거운 모래바람 속에
나무 한 그루의 목마름이 사막을 달구고 있었다
낙타의 긴 다리가 고난처럼 절룩인다
잃어버린 고향을 찾아가는 절룩이는 다리
목마른 자는 다 이리로 오라는
오아시스는 너무 환상적이어서 꿈도 꾸지 못하고

깊은 물밑같이 푸르른 성안의 불빛 보이는데
푸르름을 향해 죽을힘을 다해 어둠을 걷어 낸다

절룩이며 왔던 길 끝 성문은 닫혀 있고
우물곁 보리수 열매들은 깨알같이 자고 있었다
목마르고 지친 나귀 닫힌 문 두드려 보지만 새들도 잠들어
허공을 짚으며 돌아온 길 돌아보니 또 어두운 허공, 적막
의 허공이었네
낙타를 보며 성문 안 불빛에 서 있는 연둣빛 버드나무 우
쭐 어깨를 든다
풋내의 잎사귀들 언젠간 떨어지고 말 것을 가지고

죽음을 몰고 온 바람에

하늘과 땅을 잇는 오로라가 유혹하는 밤
하늘로 허물어지는 긴 다리의 고난이 땅에 코를 박고

죽음의 절벽 뛰어넘어야 하는 고비가
얼굴 붉히며 삿대질할지라도 허공을 보이지 마라

누구에게나 절벽 같은 허공 지니고 있으니
유혹의 무릎에 잠자다 눈까지 뽑히는 삶의 허공 있으니

낙타의 눈물이
긴 속눈썹에 체념의 문빗장 걸어 잠그고
단단한 적막의 바늘구멍으로 들어가고 있었다

불쾌한 그림자

초록 나무 등 뒤에서 검은 외투에 싸인
너의 텅 빈 마음 한 자락 펄럭이는 것을 보았어
무표정의 언어가 무엇을 원하는지
검은 언어는 통역이 필요해
그러나 나는 너를 편집하지 않는다
등 뒤의 꼬리 자르듯
몸의 일부분을 자르며 내 속에 들어와
사랑스러운 아기 고양이처럼 안긴다
잘 자라 우리 아기 이런 자장가 기대하지 마
나를 믿지 마라 마음 다칠라
평생을 살아도 성숙 근처도 가 보지 못한 내가
전해 줄 행복과 슬픔의 무게 위에
가볍게 왼손을 얹는 너의 검은 손 맞잡기가 버거워

한 삶의 어둠과 밝음을 참 쉽게도 해석하는구나
추상적인 단어로 방언처럼 말하는구나

어쩌다
우리가 만나게 되는 것은 차가운 얼굴과 낯선 세상이냐
경험으로 일궈 낸 내 삶을 섭취하는

너의 반듯한 이마에 다림질된 바지가 낚인다

부풀어 오른 너의 마음의 행방을 추적하다
부르튼 발 너에게 기대는데 뭉텅하게 내 발을 자를 줄이야

낡아 버린 햇살을 붙잡고 일렁이며 사는 내 삶이 놀이더냐
두 발 지워져 두 팔만 끄덕이는 내 모습이 우습더냐

정렬된 것들에서 돌아앉아

골목길이 따뜻한 감자 조각처럼 나뉘어져 있어
배고프지 않았던 추억들
주인 잃은 자전거 지키던 믿음직한 자물쇠 같은
현악기 어머니 이젠 늙은 북소리로 밥 먹자고 부르는 곳
큰길의 기회에 길들여진 성형된 눈빛들이
생애의 끝부분에서 풀려나듯
정렬된 것들에서 돌아앉아
고단한 어깨의 사연들 폭염 같은 치열함 해제하고

민들레도 한가한 잡초의 골목길에서
우연히 만난
푸른 꿈을 꾸는 아기에게
후퇴의 길을 말하지 않았다
영양 상태가 양호한 소식을 암시하는
살아온 교훈도 말하지 않았다

정렬된 것들로 사느라 늘 날카로웠던 사연들과
불안이 절룩이는 날들의 고단했던 계단들에게
느긋한 느티나무가 하얀 머리로 안부를 묻는다
그동안 안녕하셨습니까

\>

자세한 스케줄 말하지 않아도 되는 늙은 벤치에 앉아 본다

메마른 소식처럼

직선의 도시계획들이 큰길을 생산하고

질주의 홍수에

늙은 골목길이 먼 동네로 떠내려가고

난 두고 온 외투를 찾으러 가듯

넘어질 때마다 일으켜 주던 추억을 찾으러 갔다

샐러드처럼 섞이면서

바스락거리는 소리로 새들이 나무와 섞이고 있다
열 달의 따뜻한 배를 지나 태어난 단풍잎 아가들
울긋불긋 계절과 섞이고 있다
출발어로부터 도착어까지 섞이지 못해 성숙하지 못한
우리의 사연들도 세월의 시간에 섞여 맛깔나는 향이 되겠지

꼬리 치켜든 독한 바람 편에도
섞이지 못한 겉도는 것들이
색을 해체하며 언젠가는 삶의 완벽한 바탕색이 되겠지
또한
예의 없이 뚫린 바람의 입들에게
제 머리 내어놓는 아픈 겨울을 견디며 나무는
성숙한 장년이 될 것이다

매사에 지르고 뻗쳐 왔던 계절도 있었다
섞이는 것에 주저하는
《블루 발렌타인》, 신디와 딘의 녹슬어 가는 관계가
지쳐 가는 시간들이 화해의 물살을 타고
샐러드처럼 섞이면서
농축된 삶의 깊은 관찰로 소환되어

서로의 푸른 시간으로 섞일 게다

TV 속 스케이팅 소녀
완벽하게 코너를 섞이면서 돌고 있다
강약을 조절하는 곡선의 기술을 바라보며
차용하는 삶의 단편이 곡선이 된다
아로마가 풍부한 와인 향기가
샐러드와 섞여 거친 저녁을 미화하고 있다

홍보 문구가 없어도 소문이 날아다닌다

진영 단감밭에는 작은할머니의 시름의 박음질 소리가 허
공을 내어 주고 있었다

환승역 삼량진역이 있어 불안했던 방문길 예쁜 할머니의
한숨 소리는 백 년 치의 슬픔을 쏟아 내는 듯했다

유치원 다닐 무렵부터 난 이중 스파이였다 방학이 되면 할
머니는 어린 나를 작은할머니 댁으로 삼량진역의 불안을 아
랑곳하지 않고 보냈다 진영역에 마중 나온 키 큰 할아버지는
목마를 태우고

—할머니는 잘 계시냐 요즘 뭐 하고 계시냐

두고 나온 집의 안부가 궁금한지 할머니가 보고 싶은 건지
할아버지께 대답하다 목마 위에서 잠이 들고

—그래, 작은할매하고 니 할배 뭐 하고 놀더노

철이 들면서 난 거짓말을 자주 해야 했다 사이좋게 잘 지
낸다는 소리에 모든 이불을 뜯어 한숨 소리로 다듬이질하는
할머니, 할아버지와 작은할머니를 방망이로 때리는 소리가
아침이 되어야 끝났다

>

난 이쁜 작은할머니를 그리워하기까지 해서 진영에 간다고 자주 심통을 부렸다 종갓집 맏며느리 새댁 남편 유학 보냈더니 첩년 얻어 왔다고 산 너머까지 소문이 나고 이쁜 작은할머니 양산 속에 얼굴을 숨기고 다니게 했던 할아버지의 소행을 이해하지 못했던 나는 할머니가 둘이라 좋아서 자랑을 하고 다녔다

추억에 각자가 품고 있는 지옥의 풍경을 드러낼 필요가 없다지만 이중 스파이 어린 시절 작은할머니가 만들어 준 꽃 프린트 원피스가 꿈속에서 보이면 난 원피스의 꽃들이 모두 떨어질 때까지 방망이질한다 우리 할머니같이

프리랜서

규칙적인 것들이 아교로 붙인 벽처럼 서 있어
아라베스크 무늬 같은 반복된 리듬은 탈색된 기념비 같아
일렬로 서 있는 것들을 툭 쳐 본다
오늘 넘어진 오후의 벽에다 멈춰진 시계를 걸어 둔다

괜찮아, 최선을 다하지 마
언젠가 일어설 때를 위해 게으르게 앉아 있어

어제와 지나간 그 어제들이
불안의 두루마리 속에 둘둘 감긴 듯하더니
오늘 그녀 현악기 통통 튀는 햇살로 왔다
분명 어제는 고래 배 속에 앉아 있다고 하더니
새털같이 눈부신 슬로 진Sloe gin 닮은 사퀸 드레스로
불안의 두루마리 풀어 버리고 날아다닌다

마시고 있던 모히토의 레몬이 벌떡 일어난다
하마터면 나도 벌떡 일어날 뻔했다
후회는 잃을 게 많은 사람이 하는 것이라는데
그녀의 등 뒤에 미끄러지고 있는 색깔의 분열에
삶의 구멍들이 불안을 쏟아내고 있음을 눈치챘다

지탱할 수 있는 실종된 기둥을 찾아내야 하는데
선택의 연속에서 사랑했던 것들을 잡아야 할 텐데

사람들은 사랑한 것들을 기억하기 때문에 노래할 수 있는
게 아닌가

그녀의 허물어진 존재의 노래가 얇아져 불안이 되고
까만 관습들이 반짝이고 있는 고래 배 속
디스토피아적 공간이다
은유의 시간이 극히 이성적이다
감추고 있는 마찰음이 길어지고 그녀의 삶이 지워진다

괜찮아, 서두르지 마

치사하다

어설프게 고친 담을 감추기 위해
담쟁이 몇 줄기를 심는 게 아니었는데

왼쪽 손 번쩍 든 이베트 길베르의 직선의 훈계로도
점잖은 학식의 교훈으로도 다스리지 못해
환산하기 힘든 셈법으로
질주는 불같이 바람같이 무시로 태풍이 된다
현란한 것들이 감정에 불을 지피고
그들의 궤도에 불만의 눈 웅크리고 있다

감추는 것들이 담인지, 어설픔인지
언젠가 들통날 일을 겁도 없이 속임수 부린 일을 후회한다
상호 유기적인 관계를 철회해야 한다
경계가 없이 대든다 세입자에게 뺏긴 등이
끝없이 화병에 시달리고
아귀 같은 손들의 아우성에 천 개의 귀는 우울하다

실패한 자만이 휴전을 협상한다

정복자의 푸른 머리는 공작새 깃털 같아

경계의 수정을 부정하는 갑의 소리에
협상의 말들이 자꾸 주저앉는다
몰락을 수정해야 하는데
그들은 나보다 훨씬 강하다
그들이 원하는 것을 무엇이든 수락하듯
백기 든, 치사하지만 편승하고 있는 식민지 근성
휴전협정
이미 늦었다 그들에게 먹혀 버렸다
진실을 규명할 증거가 인멸되어 버렸다

발칙한 드로잉

피상적인 껍데기의 각도가 발칙하다
조심스러운 경계가 곁을 내어 주지 않는
움추린 괴이한 웃음과 모호함으로
지글거리는 복제의 시대 기념품같이
메소드 연기가 돋보이는 연기자같이
표면적인 이미지가 캐릭터를 만들어 낸다

다행히 추억이 아파 우는 엄살은 없다
얇은 감정조차 배제된
무미건조한 사물의 얼굴이다
밑바닥 치던 과거도 없다
선과 악을 분리하는 양심의 무거운 그늘도 없다

강력한 카리스마로 강요하는 존재감도 없다
마음을 대변할 마음조차도 없는 권태기 같은
복제된 액자 속 인간
액자 밖 인간들 은밀히 탐색하고 있다
따스함이란 단어가 덜컹거리는
헐거운 시간을 혼자 독학한 외로움으로

>
우리의 관계는
객석의 관람자와 내통하는 은밀한 밀고자의 조합같이
다채로운 감정의 단편을 애써 즐길 뿐이야
서로에게
차가운 객석의 시선으로
차가운 물체로 관람되는
발칙한 드로잉

메마른 낫을 들고

도시의 빌딩들은 불면의 밤을 지키고
우리는 충혈된 눈으로
깨어진 파편들의 들판 사과밭으로 간다

영리하게 건너야 하는 지뢰선들 밟고 가는 길
거미줄에 걸린 사마귀처럼 불안의 눈이 흔들린다
햇살의 잎사귀들 비눗방울 춤추며 쏟아져 들어오는
하루의 풍경을 느낄 눈들이 암전된 듯 어둡고 메마르다

창 너머에
단순함을 지우는 세상의 신호등은 붉은색이다
직각의 선들을 위해 메마른 낫을 들고
구청 직원들 가로수 길 나무의 머리 수평으로 자른다
개성 없는 수평의 얼굴들을 세운다

밤이면 몇 도의 각도로 자야 하는지 계산하는 도시의 지
붕들로
밤에도 고단했던 우리들
일출의 시간에 직각으로 일어나
서둘러 메마른 낫을 들고 오늘의 수확을 위해

지하철을 타고

늘 떠나고픈 부푼 트럭 무의식처럼 신호를 통과한다

메마른 낫을 들고
직각을 떠나는 갈증들에게
푸른 기차표를 손에 쥐여 준다
기차가 직각 도시를 지우며 떠나고
나는 말줄임표로 손을 흔든다
이력서를 넣은 새 직장은
사과 한 알도 내세울 것 없는 나를 거부하고

난 맑은 물의 치유를 꿈꾸는 메마른 낫을 들고
덤빌 곳을 물색한다

만료되는 해

어느새 찔레꽃들 꽃잎 재워야 하는 시간이 다가오고 있다

한 날이 선물 같지 않아서 후회의 질문들 놓고 돌아서지 못하는데 아직 거품 가득한 결핍의 시간들의 찌꺼기가 남아 있는데 하루하루의 시간들이 진창이라 삶이 진흙투성이다 매일 반복되는 낡은 시리즈 대하는 지친 마음으론 값진 끝 맛을 말해 줄 수 없다

눈을 감는 것이 미련과 연결되어서 활용하지 못한 시간들로 갈등하게 한다 만료의 시간 달려와 계속 오답만 등장시키는 해답은 뒤로 미뤄지고 상실감에 빠진 시간들의 젖어 가는 무게가 나보다 무겁다 밤의 혓바닥 속으로 발을 담근 나를 성장시키던 밑거름의 시간들이 나보다 무거운 이불을 던져 주고

만료란 위협적인 얼굴로 완력을 행사한다 오늘의 시나리오가 마침표 커튼을 등 뒤에 감추고 꼼수 부리고 있다 하루살이 들풀들의 멜로디 쇼도 끝나지 않았는데 결핍 없는 보름달 때문에 잠들 수가 없는데

>

　개념적 설치물 같은 마침표에게 만료를 허용하지 못해 오
늘을 길게 늘리며 불면으로 지키고 있다

소용돌이

피폐한 직선의 헐떡임으로
적막의 주름 맴돌며 적막을 때리는 주먹으로
어지러운 하루가 멍이 든다
깊은 바다 밑 묻혀 있던 불씨 솟아오른다
바닷바람이 경작해 오던 개펄의 행간에
밀려오는 격정의 무늬 새겨지고
적정 거리를 유지해야 발이 젖지 않는다
관계의 거리도 적정 거리를 유지해야 젖지 않는다

무거울수록 해체되는 속도 거세다
소용돌이의 높이의 강세가 클수록 살 만하지 않는가
살아 볼 오기 거세다
찌꺼기 토해 내는 깊은 울음에
밀려왔다 밀려가는 삶의 덧문들
존재하는 의미로 소용돌이쳐 활짝 열리고

해체된 것들이 촉촉한 백색 크림처럼 부드럽다
깃털보다 가볍다
처음보다 더 환한 물빛들 수채화처럼 맑다

절벽에 핀 꽃

차성환(시인, 한양대 겸임교수)

모금주 시인은 험난한 생의 고통과 슬픔을 받아 적는다. 그의 언어는 죽음을 향해 격정적이고 도발적이고 폭발적으로 끓어오른다. 종잡을 수 없는 언어의 부림이 펼쳐진다. 격정적인 언어를 토해 내고 삼키고 다시 게워 내는 지상 최후의 격전이 벌어진다. 선명한 죽음과 고통의 이미지가 출몰하고 언어는 비명을 지른다. 모금주의 시에는 안락함과 평온이라고는 찾아볼 수 없다. 그의 시는 읽기에 고통스럽고 처절하다. 온통 죽음을 향하고 있다. 우리가 조금이라도 생의 희망으로 나아갈라치면, 아니라고 진실은 여기에 있다고, 우리 모두는 죽음을 향해 나아가고 있다고 말한다. 역설적으로 이 격정적인 언어의 부림은 자신의 생에 대한 강렬한 의지이다. 죽음마저도 격렬하게 치러 내겠다는 악에 받힌 목소리이다.

그 극단으로 갈 때 지독한 사랑과 희망이 피어난다. 그의 시집 『빛의 벙커들 각을 세우고』는 인생의 허무와 슬픔을 넘어 마침내 도달하는 사랑의 순간을 담아내고 있다.

추락하는 것들 홀로 가지런히 날개 모으고
시간을 곱하고 명랑한 웃음을 더하여도
되돌리지 못하는 안으로 접힌 검은 덩어리들
거칠게 바늘 품은 시간 속을 떠돌다
슬픔으로 기어들어
죽고 살아나길 자주 하고 있다

흘려보내지 못해
중세의 어둠에 갇힌
가난한 마음들이 빈 병으로 누워
해 뜨는 것도 몰라 꽃 피우는 찬란함도 몰라

가득 채울 삶의 쨍한 것들 창조의 숲에서
게으르게 누워 내 슬픔의 계절에 올라탄다

아이야 내 계절에서 떠나가 줘
푸른 나무 밑으로 뛰어가거라
명랑한 웃음의 삶으로

구경하는 구경꾼들아

나의 빈 병 같은 마음이 추락하는 것을 즐겨라
　　구경꾼들에겐 세상의 시놉시스가 치명적일수록 깊은 매력
에 빠져들지
　　슬픔으로 허리 꺾인 채송화의 울음을 짓밟는 세찬 바람처럼
　　푸른 거미들 라합의 붉은 줄이 짧아 길게 추락함에
　　긴 뜰채 가진 자들 눈 반짝임같이

　　채울 것 없어 침묵하는
　　빈 병 같은 마음으로 추락하는 것들
　　유리병처럼 산산조각으로 제 몸 깨뜨리고 마는
　　언제나 추방당하는 번갯불처럼 실족하고 있다
　　　　　　　　　　　　─「빈 병 같은 마음이 추락하는」 전문

　'나'의 가슴속에는 "되돌리지 못하는 안으로 접힌 검은 덩
어리들"이 응어리져 있다. '나'는 그 "덩어리들"의 원인과 실
체를 알지 못한 채 고통과 "슬픔"에 빠져 있는 것이다. 기원
을 알 수 없을 정도로 까마득히 오래된, "중세의 어둠에 갇"
혀 "죽고 살아나길" 반복할 뿐이다. "슬픔의 계절"에 머물러
있는 '나'는 "명랑한 웃음의 삶"과는 거리가 멀다. '나'는 제대
로 된 삶을 살아 내지 못하고 사람들에게 좋은 "구경"거리로
전락한다. "구경꾼들"의 냉소는 "슬픔으로 허리 꺾인 채송화
의 울음을 짓밟는 세찬 바람처럼" '나'를 괴롭게 한다. 고통에
빠진 사람을 도우려고 하지 않는 "구경꾼들"은 의로운 사람
들이 아니다. "세상"의 이야기들이 자극적이고 "치명적일수

록" 더 깊게 매혹되어 그 연약한 "채송화의 울음"을 즐기는 사람들이다. '나'는 그러한 "구경꾼들"에게 마음껏 '나'의 비참과 "추락"을 즐기라고 말한다. '나'의 당당함은 일말의 진실을 보고 있기 때문이다. 우리의 삶이 "웃음"이 아니라 "슬픔"에 있다는 것을 깨달은 자이기 때문이다. '나'의 "빈 병 같은 마음"은 인생의 허무를 그대로 드러낸다.

성경의 『전도서』에는 다음과 같은 구절이 있다. "슬픔이 웃음보다 나은 것은, 얼굴을 어둡게 하는 근심이 마음에 유익하기 때문이다. 지혜로운 사람의 마음은 초상집에 가 있고 어리석은 사람의 마음은 잔칫집에 가 있다"(전도서 7장 3~4절). 우리의 삶이 당장은 눈부신 듯 피어 있지만 죽음으로 사라지는 슬픔과 허무에 지나지 않는다는 것을. 화무십일홍花無十日紅. 열흘 동안 붉은 꽃이 없듯이 한번 태어난 생명은 얼마 못 가서 반드시 쇠하여 멸한다는 말과 상통한다. 인생의 진실을 바로 보는 자는 슬픔 속에 있을 수밖에 없다.

메멘토 모리Memento mori는 죽음을 기억하라는 라틴어의 문구이다. 모금주 시인의 시집 『빛의 벙커들 각을 세우고』에는 죽음의 징후들이 도처에서 출몰하고 때로는 알아들을 수 없이 신음하는 언어들이 고통스럽게 잇대어져 있다. 그의 시집에는 '메멘토 모리'라는 죽음의 격언이 주문처럼 메아리친다. 자신을 죽음에게 고스란히 제물로 바치면서 그 선명한 고통과 슬픔을 우리에게 들려준다. "죽음과 삶은 순간이야". "초조한 눈빛이 떨린다 간절함으로 칼끝을 바라본다 어제의 노래가 아직도 따뜻한데 죽음의 골짜기 하얀 백지의 순간 뒷걸음치는 걸음 절벽으로 밀쳐 버리는 내 기한의 날"
(『moment』). 그는 "서늘한 파문이 이는 저녁으로 스며드는/
아스피린 몇 알로는 치료할 수 없는 절벽의 고통"(『스며듦은
슬픈 일이야』)을 마주한다. "아직 거품 가득한 결핍의 시간들
의 찌꺼기가 남아 있는데 하루하루의 시간들이 진창이라 삶
이 진흙투성이다"(『만료되는 해』)라고 고백하고 "매장된 슬픔을
캐낸 자리"(『계량기의 눈금』)에서 "찌꺼기 토해 내는 깊은 울음"
(『소용돌이』)을 운다. 자신의 마음과 육신이 점점 소멸해 가고
마모되어 가고 있음을 바라본다. "헛된 짐 같은 것 지고 가느
라/ 나의 마음은 늙어 가고/ 뜨거웠던 사랑의 모서리도 낡아
간다"(『뜨겁거나 얼음처럼』). 그의 시집에는 인생에 대한 회한과
허무가 가득하다.

> 오후의 뜨거운 모래바람 속에
> 나무 한 그루의 목마름이 사막을 달구고 있었다
> 낙타의 긴 다리가 고난처럼 절룩인다
> 잃어버린 고향을 찾아가는 절룩이는 다리
> 목마른 자는 다 이리로 오라는
> 오아시스는 너무 환상적이어서 꿈도 꾸지 못하고
>
> 깊은 물밑같이 푸르른 성안의 불빛 보이는데
> 푸르름을 향해 죽을힘을 다해 어둠을 걷어 낸다
>
> 절룩이며 왔던 길 끝 성문은 닫혀 있고

우물곁 보리수 열매들은 깨알같이 자고 있었다

목마르고 지친 나귀 닫힌 문 두드려 보지만 새들도 잠들어

허공을 짚으며 돌아온 길 돌아보니 또 어두운 허공, 적막
의 허공이었네

낙타를 보며 성문 안 불빛에 서 있는 연둣빛 버드나무 우
쭐 어깨를 든다

풋내의 잎사귀들 언젠간 떨어지고 말 것을 가지고

죽음을 몰고 온 바람에

하늘과 땅을 잇는 오로라가 유혹하는 밤

하늘로 허물어지는 긴 다리의 고난이 땅에 코를 박고

죽음의 절벽 뛰어넘어야 하는 고비가

얼굴 붉히며 삿대질할지라도 허공을 보이지 마라

누구에게나 절벽 같은 허공 지니고 있으니

유혹의 무릎에 잠자다 눈까지 뽑히는 삶의 허공 있으니

낙타의 눈물이

긴 속눈썹에 체념의 문빗장 걸어 잠그고

단단한 적막의 바늘구멍으로 들어가고 있었다

　　　　　　　　　　　　　　　　　—「낙타의 눈물」 전문

삶을 살아가는 것은 "잃어버린 고향을 찾아가는" 일이다.

"뜨거운 모래바람 속" "사막"을 "절룩이는 다리"로 건너가는 일이다. 이 "고난"의 행군은 언제 끝날지 모르고 "오아시스"는 꿈조차 꿀 수 없는 곳. "낙타"는 "잃어버린 고향을 찾아가는" 이 고통스러운 순례의 길에서 기적처럼 "성문"을 맞이하게 된다. 그렇지만 이 "성문은 닫혀 있고" 아무리 "문"을 두드려도 열리지 않는다. "성문 안"에는 "연두빛 버드나무"가 있는 것으로 보아 "사막" 한가운데에 잠시라도 몸을 뉘일 수 있는 유일한 쉼터로 보인다. "낙타"는 그 "성문 안"으로 계속 들어가려고 시도하지만 허락되지 않는다. 문득 자신이 걸어왔던 길을 되돌아보면서 그 길이 온통 "어두운 허공, 적막의 허공"이었다는 탄식은 먹먹함을 불러일으킨다. "낙타"의 생生뿐만 아니라 지금은 버젓이 피어 있는 저 "연둣빛 버드나무"의 "풋내의 잎사귀들"도 결국은 "언젠간 떨어지고 말 것"이라는, 도저한 "죽음"에 대한 예언은 섬뜩하기까지 하다. 생명을 가진 모든 존재들은 결국 무덤으로 돌아간다. 우리는 태어남과 동시에 그 삶 안에 숙명과도 같은 "죽음"을 품고 있는 것이다. 찬란하게 빛나는 것처럼 보이는 생生도 결국은 한 줌의 먼지이고 "삶의 허공"에 불과하다. "낙타"는 "푸르름을 향해 죽을힘을 다해 어둠을 걷어" 내려고 하지만 "죽음"은 피할 수 없다. 이에 "낙타"에게 주어진 것은 깨달음과 "체념"의 "눈물"이다. 어찌 보면 "낙타"가 그토록 찾아 헤매던 "잃어버린 고향"은 바로 자신의 "죽음" 자체인지도 모른다. 이 처절한 죽음에 대한 인식은 일말의 희망도 담보하지 않는다.

사방으로 뻗어 나가는

진화하는 지도를 보며 분석하는 눈이 바쁘다

햇살의 손에 걸린 아침 출발선이 분주하다

출렁이며 덜컹거리는 문장으로 길을 떠난다

낯익은 이정표라면 콧노래라도 부르겠지만

불안이 두근거리는 길을 간다

안내는 친절하지 않고 직진의 목소리 금속성으로 명령한다

서투른 운전으로 해석되지 못한 길로 상심하고

예정된 길은 미세하게 벗어나기 시작한다

초조한 눈은 복종에 익숙하지 못해 근심하고

직설적인 안내는 상처처럼

이정표의 진회색 패턴들이 마음에 흉터로 깔린다

동맹을 맺을 연결 고리는 실선 밖에서 흐릿하다

꿈틀대는 눈빛이 같은 프로그램을 공유하지 못한 채 오류다

배후는 불안이다

만삭의 프로그램 속 앓는 길이

후유증의 길들을 낳고 불안의 귀가 컹컹거린다

내비게이션 아가씨 화를 내고 난 나를 유실 중이다

다 소화하지 못한 길들이

찌꺼기같이 둥둥 떠다니고

—「내비게이션」전문

　　현대 문명사회는 인류의 행복이라는 명목 아래에서 인간
의 편의를 위한 다양한 기술들을 발전시켜 왔다. 인간은 이

러한 문명의 테크놀로지에 의지해서 편안한 삶을 영위해 온
것은 사실이지만 이제는 그러한 기술 없이는 아무것도 할 수
없는 지경에 처하게 된다. 현대판 노예의 삶과 다름없는 것
이다. 문명이 지시해 주는 데로만 따라가는 삶은 안전하고
편할지 몰라도 역설적으로 인간이 누릴 수 있는 진정한 자유
의 영역은 점점 사라지게 된다. 시「내비게이션」은 현대사회
가 우리에게 던져 준 딜레마에 대해 사유하고 있는 작품이
다. 현대사회가 제시해 준 길에서 조금이라도 벗어나면 불
안에 시달리는 현대인의 모습을 여실히 잘 보여 주고 있다.
문명은 하루가 다르게 발전하면서 인간의 인지 수준보다 더
빠르게 "진화"를 거듭한다. '나'는 "내비게이션"의 "진화하
는 지도"에 의지해서 차를 운행하고 있지만 "금속성"의 "목
소리"가 내리는 "명령"에 순간 "복종"하지 못하고 잘못된 길
에 들어서게 되고 자신의 좌표가 사라진 무방비 상태에 빠진
다. 어디로 가야할지 알 수 없는 "실선"의 상황은 명백한 "오
류"이다. '나'는 마치 현실에서 잠시 자신이 삭제당하고 증발
되어 버린 것 같은 "불안"을 경험하는 것이다. 이 잠시의 일
탈은 "후유증의 길들을 낳고 불안의 귀가 컹컹거"리게 만드
는 치명적인 상황을 야기시킨다. '나'는 "내비게이션" 속 가
상현실에서 "유실 중"의 상태이고 그것은 실제 현실의 '나'라
는 존재를 "불안"에 시달리게 하는 위협적인 사건이다. 인
생의 목적지를 잃고 방향을 잡지 못한 채 "다 소화하지 못한
길들이/ 찌꺼기같이 둥둥 떠다니"는 혼란의 순간은 난감하
기 그지없다. 하지만 이 순간은 '나'에게 스스로의 존재에 대

한 각성을 가능하게 하는 변곡점이기도 하다. 길을 잃어버린 우연적 사건이 진정한 삶에 대해 의문을 던질 수 있는 계기가 되는 것이다.

모금주 시인이 인식하는 현실은 "경쟁의 축들 빗금 긋는 자극적인 쇼가 진행되는/ 파편 속"(「게스트 하우스 창업기」)이고 "메마른 소식처럼/ 직선의 도시계획들이 큰길을 생산하고/ 질주의 홍수에/ 늙은 골목길이 먼 동네로 떠내려가"(「정렬된 것들에서 돌아앉아」)는 곳이다. 그 속에서 살아가는 사람들은 "지글거리는 복제의 시대 기념품같이" "얇은 감정조차 배제된/ 무미건조한 사물의 얼굴"(「발칙한 드로잉」)로 영혼 없이 떠다니는 존재들이다. "고속도로 휴게소/ 카세트 테이프의 앵무새가 생필품처럼 사랑을 팔고 있다"(「사랑을 생필품처럼 말하는」). 여기저기서 사랑을 노래하지만 진짜 사랑은 찾아볼 수 없고 상품화된 사랑만 버젓이 나와 있다. 자본주의 질서에 따라 도시 개발과 무한 경쟁, 물신주의로 점철된 세상의 삶은 끔찍한 악몽에 준한다. 이 세상 속에서 '나'는 어떤 삶을 살아야 하는가.

가까이 곁을 내어 줄 수 없는 맹독의 잎사귀들
꽃조차도 독인 모진 등이 가엾다
사랑에게도 죽음의 골짜기만 내어 줄 수밖에 없는
저울에 달면 슬픈 세월 입김보다 가벼운데
맹독 품은 독사의 눈 숙명 같은 저주

저주의 고리들 허물 벗기듯 바위의 등에 피가 나도록 긁
어 본다
　　입 속의 신음 소리 공해 같아, 맹독의 숲엔 평화가 없다
　　숨기면 숨길수록 메두사의 본성 고개 쳐들고
　　검은 털로 짠 상복 같은 검은 길
　　저주의 숲에 머물고 있네

　　독해져야 살아남을 수 있는 전쟁터의 화살처럼
　　화해할 수 없는 삶 억지로 풀다 억새풀이 되듯
　　독의 화덕 구멍마다
　　맹독의 줄기들 푸른 잎사귀들 불같이 쏟아지고 있다
　　죄 사함도 거부한 푸른 죄인 맹독
　　철창에 스스로 옭아매는 죄는 상속된다
　　대물림되는 지병 같은 것
　　아무도 거둘 수 없는
　　아무도 열 수 없는 알라딘 감옥에 갇혀
　　천형을 견디고 있는지도 몰라

　　첫 열매의 달콤함도 슬프지만 외면해야 하는
　　사랑했기에 침노할 수 없는

　　열매에 관한 소식 전해 듣지 못한 아기 바다 새
　　뜨거운 독약 같은 이파리 물고 바다에 떠 있다

전갈 꼬리 쏘는 맹독의 화살 우리에게도 있으니

　　　　　　　　　　　　　　　　─「바다독나무」 전문

　"바다독나무"는 현대사회를 살아가는 인간 존재에 대한 비유이다. 물불 가리지 않고 오로지 자신의 생존을 위해 살아가는 존재는 얼마나 비참한가. 거기에는 타인을 위한 마음이 깃들 새가 없고 "사랑" 또한 요원한 일이다. 자신이 피워 낸 "꽃조차도 독"인 사람들. 그들은 "맹독 품은 독사의 눈"으로 "숙명 같은 저주"를 안으로 끊임없이 삭이는 존재들이다. 우리가 살고 있는 지금의 현실은 "맹독의 숲"이 아닌지. 알 수 없는 고통으로 터져 나오는 "입 속의 신음 소리"가 "공해"처럼 가득한 이곳에는 "평화가 없다". 어쩌면 인간의 역사는 자연을 착취하고 타인을 밟고 일어서는 잔혹한 전쟁의 기록일 수도 있다. 자본주의 사회는 "독해져야 살아남을 수 있는 전쟁터"와 같은, 생존을 위한 무한 경쟁 속에 인간을 몰아넣는다. 그 속에서 살아가는 우리는 모두 "푸른 죄인 맹독"을 지닌 존재들이다. 진정한 "사랑"이 불가능한 "천형"과 같은 삶은 끊어 내야 한다. 인간은 "바다독나무"가 지닌 "전갈 꼬리 쏘는" 듯한 "맹독의 화살"을 품고 있다. "뜨거운 독약 같은 이파리"를 물고 "바다에 떠 있"는 "아기 바다 새"의 이미지는 인간의 이기심이 자연을 파괴하고 뭇 생명을 위태롭게 만들고 있음을 선명하게 보여 준다. 마치 원죄와도 같은 우리의 악한 본성에서 벗어날 방법은 없을까. "바다독나무"의 잎과 가지와 뿌리, 모든 부분에 치명적인 맹독이 있지만 "열매"만큼은 독이 없다고 전해진다. 아직 "열매에 관한 소식"을 전해 듣지 못했지만 바로 그 "열매"가 인류에게 주어진 마지막 희망이지 않을까. 우리에게 "대물림되는 지병 같은", "철창에 스스로 옭아매는 죄"에서 벗어날 수 있는 유일한 구원의 단서가 되지 않을까. 모금주 시인이 보여 주는, 세계에 대한 비관적 인식은 사실, 세계에 대한 너무나도 커다란 긍정에서 비롯되었다는 것을 깨닫는 데는 그리 오래 걸리지 않는다.

유난히 반짝이는
큰 오브제가 흰 원피스를 망쳐 놓은 날이다

돌이킬 수 없는, 기본도 모르는
그렇게도 자신 없는 삶을 살고 있었나
질문에 대한 해명을 거절한 채
오늘도 빨간 구두 허세가 달리고 있다

기본에 미숙한
소녀들의 치장이 과감해지고
자극적이지 않으면 상품이 되지 못하는 화려한 꽃들
특별하고 싶은 무모한 가방을 메고
달아나는 발목 따라 꽃들이 달린다

평범해서 더 특별한 것들 찾아 나선 길
가이드북은 겉표지가 찢어진 채

잡초를 이고 고물상에서 낡아지고 있었다
짧은 생이라 다행인 잡초
오늘을 빛나는 종말같이 즐기고 있었다

모두가 포기한 후미진 호텔 뒷골목에
누군가는 잡초라 하고 누군가에겐 꽃으로 보이는
밤새 민들레는 노랑 꽃잎을 만들고
아침이면 수식어로 치장된 무거운 명사들에게 짓밟히고
그럼에도 불구하고
끈질기게도 촌스러운 민들레꽃 해맑은 얼굴들
그 촌스러운 것들이
오독 같은 우리를 포기하지 않고
유쾌한 위로처럼 괄호 속을 채우고
익지 않은 반짝이는 것들은 세상을 펄럭이고 있다
　　　　　—「큰 오브제가 흰 원피스를 망쳐 놓은 날」 전문

　우리는 혹시 지금까지 잘못 살아오지 않았을까. 화려한 장신구에 취해서 진짜 소중하고 빛나는 것을 알아보지 못한 건 아닐까. 누군가는 입고 있는 "흰 원피스"에 어울리지 않는 "유난히 반짝이는/ 큰 오브제" 브로치를 달아서 마음에 안 든 모양이다. 오늘의 착장에 실패한 그는 그동안 과시욕과 허영심에 쫓겨 "자신 없는 삶을 살고 있었"던 것은 아닌지 생각한다. "빨간 구두 허세"에 빠져서 진정한 자신의 내면을 들여다보지 않은 삶을 떠올리는 것이다. 자본주의 시대에 "소녀들"은 자신들을 돋보이게 만들기 위해 "치장이 과감해지고" "특별하고 싶은 무모한 가방"을 멘다. 자신을 더 "자극적"이고 빛나는 "상품"으로 만들기 위함이다. 어디서든지 잘 팔리는 "화려한 꽃들"로 넘쳐나는 세상이 가짜로 보이지 않는가. "허세"에 둘러싸여 자기 존재를 망각한 채 살아가는 삶은 진실한 삶이 아니다. 모두가 자본주의의 상품을 욕망하는 세상 속에서 시인은 누구도 쳐다보지 않는 연약한 한 생명을 들여다본다. "모두가 포기한 후미진 호텔 뒷골목"에 핀, 아무도 거들떠보지 않는 "끈질기게도 촌스러운 민들레꽃". 분명 "꽃"이지만 소박한 외양 때문에 언뜻 보면 "잡초"로 보일 정도로 수수하다. "민들레꽃"은 다른 사람들에게 화려한 치장과 "허세"로 자신을 드러내는 법이 없다. 꿋꿋이 자기 자리에서 자신의 생을 충실히 살아 내며 "노랑 꽃잎"을 피워 낸다. "민들레꽃"의 "해맑은 얼굴들"은 항상 그 자리를 지키면서 가짜 욕망을 쫓아 달려 나가는 "우리를 포기하지 않고" 기다린다. 혼자서 외로이 생의 아름다움을 지키고 있는 "민들레꽃"의 존재는 그 자체로 지친 "우리"의 삶에 커다란 "위로"를 주기 때문이다. 허름한 골목에 핀 "민들레꽃"과 같이, 우리가 미처 보지 못한 "익지 않은 반짝이는 것들"의 존재를 찬찬히 바라보고 삶에 대한 각성을 주문하고 있는 것이다. 이는 앞서 읽은 시 「바다독나무」에서 "바다독나무"의 "열매"와 같은 희망을 상징한다.

모금주 시인은 모두가 "상품"과 "허세"를 쫓아 달려가는 자본주의의 광풍 속에서 자기 존재의 원형을 따라 살아가는 소박한 삶이 가진 아름다움을 노래하고 있다. 가짜 욕망을 좇아 달려 나가는 사람들을 잠시 "민들레꽃" 앞으로 데려간다. 삶의 허무와 슬픔에 빠진 사람들에게 그 터널 같은 어둠의 끝에는 눈부신 빛이 있을 거라고 속삭인다. 우리의 마음 깊숙한 곳에 아직 사랑이 움트고 있다는 사실을 노래한다. 그는 "진심으로 아름다운 노래 부르고 싶은데" "내 전부를 소리쳐 봐도/ 푸른 날것의 얼굴 부활의 노래가 되지 못한다"(「내 전부를 소리쳐 봐도」)고 자책한다. 사랑의 노래를 부를 수 없는 현실을 아파한다. "신이시여 튼튼한 말뚝 같은 희망을 죄 없이 꾸게 하소서"(「꽃 한 송이도 그리지 못하고」)라고 기도한다. "사람들은 사랑한 것들을 기억하기 때문에 노래할 수 있"(「프리랜서」)다며 불가능해 보이는 사랑의 가능성을 끝까지 밀어붙인다. 결국은 "서로의 눈빛으로 교환되는 사랑이 꽃"(「백일홍 세상이 불량하다」)이라는 진실에 도달할 때까지 고통스럽게 나아간다. 그렇기에 그의 시詩는 절벽 끝에 핀 꽃을 닮았다. 생의 허무와 슬픔을 넘어 위태롭지만 아슬아슬하게 핀 사랑의 꽃이 여기 있다.

천년의시인선